六福客栈
——小妇人艾伟德传奇

张石山 谭曙方 著

山西出版传媒集团　山西人民出版社

图书在版编目（CIP）数据

六福客栈 / 张石山，谭曙方著. -- 太原：山西人民出版社，2015.8
ISBN 978-7-203-09196-7

Ⅰ．①六… Ⅱ．①张… ②谭… Ⅲ．①纪实文学－中国－当代 Ⅳ．①I25

中国版本图书馆CIP数据核字(2015)第181253号

六福客栈

著　　者：	张石山　　谭曙方
策　　划：	李广洁
责任编辑：	吕绘元
装帧设计：	谢　成

出 版 者：	山西出版传媒集团·山西人民出版社
地　　址：	太原市建设南路21号
邮　　编：	030012
发行营销：	0351—4922220　4955996　4956039　4922127（传真）
天猫官网：	http://sxrmcbs.tmall.com　电话：0351-4922159
E—mail：	sxskcb@163.com　发行部
	sxskcb@126.com　总编室
网　　址：	www.sxskcb.com

经 销 者：	山西出版传媒集团·山西人民出版社
承 印 厂：	山西出版传媒集团·山西人民印刷有限责任公司

开　　本：	720mm×1010mm　　1/16
印　　张：	13.5
字　　数：	155千字
印　　数：	1—10000册
版　　次：	2015年8月　第1版
印　　次：	2015年8月　第1次印刷
书　　号：	ISBN 978-7-203-09196-7
定　　价：	30.00元

如有印装质量问题请与本社联系调换

文明的互动

《六福客栈——小妇人艾伟德传奇》自序

张石山　谭曙方

二战是全人类优秀文明与反人类的德日意法西斯的大决战，中国抗战是华夏文明与全人类文明的协同作战。那是东西方文明的伟大互动。

当下，东西方乃至全人类都在纪念二战的伟大胜利，这是东西方文明互动的继续，这是协和万邦的人类文明大合唱。这种文明互动，已成世界潮流。全人类的进步事业，指向世界大同，无可转折。

文明的坐标从来都在身后。纪念二战，追溯历史，冀幸能够找到并点燃一粒历史的火种。

希望我们所创作的这部《六福客栈——小妇人艾伟德传奇》，能够成为东西方文明互动的一个实绩。

20世纪50年代，好莱坞拍摄的由英格丽·褒曼主演的电影《六福客栈》轰动欧美，女主角格拉蒂丝·艾伟德成为西方家喻户晓的英雄人物。

艾伟德生于1902年，出身英国平民家庭。基于坚定的信仰，于1930年辗转万里来到中国山西的偏僻小县阳城传教。这位英国弱女子，在阳城传教布道整整十年。十年间，艾伟德在阳城开办客栈、收养孤儿、救助难民，做过许多善举。其间，曾经被当时的民国阳城县政府聘任为禁足督察，为扫除缠足陋习几乎走遍了阳城的每一个村庄。其突出的工作业绩，受到民国政府嘉奖。

深深爱上中国的艾伟德，于1936年申请加入了中国国籍。

抗战开始后，艾伟德收养难童、救助伤残，不辞辛劳，不遗余力，弘扬践行了伟大的人道主义精神。不仅如此，她还利用特殊身份，冒险出入日寇占领区侦察敌情，为国军与八路军提供了许多有价值的军事情报。同时，艾伟德通过欧美国际媒体，无情地揭露了日本军国主义的种种战争暴行，因之受到日寇的通缉。艾伟德声称："我是中国人，我要和自己的同胞共赴国难。"

1940年，由于此前日寇的飞机几次轰炸阳城，屠杀了上千和平居民，艾伟德心系难童孤儿的安危，毅然带领百余名孤儿离开阳城。这支队伍徒步南出阳城，翻越中条山，最终全部平安抵达当时的大后方西安。这一壮举，在当时即为世人传颂，艾伟德由之赢得了"中国孤儿的母亲"的崇高赞誉。

——以上即为艾伟德其人真实故事的梗概。

令人百思不得其解、令人耿耿于怀的是，艾伟德其人其事竟被尘封屏蔽。中国人对之一无所知，山西人对之一无所知，阳城人对之一无所知。

中国人到底怎么了？我们属于一个翻脸无情、忘恩负义的族类吗？

历史的屏蔽果然那样厚重、那样令人绝望，我们到底还能不能发现历史的真相？

在知道真相之后，中国人到底能不能做点什么，以洗雪那莫须有的污名？

我们不得不面临这样的严肃拷问，无可逃遁。

2015年，是全世界反法西斯战争胜利和中国抗战胜利七十周年。七十年来，关于艾伟德的著作，无论是传记还是小说，包括儿童读物，在西方出版了数十种之多，而在我们中国，在艾韦德故事的主要发生地，却没有几本堪以匹配的出版物。

艾伟德的故事，是继续屏蔽雪藏还是让人知道？艾伟德身上体现出伟大的人道主义精神，是理直气壮地宣扬还是视而不见任其自生自灭？

纪念抗战，中国作家责无旁贷。创作这样一部作品，事实上成为我们纪念抗战的当代践行。

客观评价，我们创作的这部《六福客栈——小妇人艾伟德传奇》，是由中国作家创作的关于艾伟德其人其事的第一部作品。

与外国人所写的同一题材的作品相比，本书至少有两个方面的突破。

第一个方面的突破是内容广度的拓展。

本书不仅向读者全面准确地介绍了艾伟德其人其事，而且向读者展现了当代中国人了解艾伟德、纪念艾伟德的实际状况。

中国人并非忘恩负义之徒，也绝不是麻木不仁之辈。中国人懂得感恩，中国人受艾伟德精神的感召，正在继承与光大这一精神。无疑，这才是纪念艾韦德的本质意义所在。

本书在第二个方面的突破是文化认知高度的把控。

就我们的有限涉猎所见，西方关于艾伟德的宣传报道、传记书写，包括电影故事编撰，多有高推艾伟德的超然境界，对之有过分神话之嫌。在西方人的叙事中，艾伟德几乎就是一个天生的圣人。积贫积弱的中国、落后愚昧的中国人，需要艾伟德来传播福音，救助众生，而虔信上帝的艾伟德，由于信仰坚定，几乎无所不能。其中的西方叙事立场非常明显。

　　事实上，恰恰是在艾伟德还远远没有成为"艾伟德传奇"的时候，艾伟德就已经来到了阳城。她在阳城待了十年，这十年，正处在中华民国的"黄金十年"时段。她一定真正接触到了当地无数的中国人——那些具备了民国风范的中国人。正是通过这些中国人，艾伟德终于探知了华夏文明的底蕴。她在阳城申请加入了中国国籍，从此，艾伟德认定自己是一名中国人，并以此而自豪。

　　中肯地评价，籍籍无名的艾伟德是在阳城获得了她的成长，方才最终成为伟大的艾伟德。

　　再者，对于传教士前来中国传教布道，往往被叙述成一种单方面的居高临下的"文化给予"。理性地认识，当他们遭遇了博大厚重的华夏文明，其传教布道的过程应该是一个文化互动的过程。在理性认识和文化认知的引领下，本书努力探寻并艺术地再现了这种文化互动。

　　艾伟德祖籍英国，服膺上帝，信仰坚定，基督教文明最早哺育了她。艾伟德在中国大陆二十年，到中国台湾十三年，她加入了中国国籍，发乎内心认定自己是一名中国人。艾伟德融入了中国，崇尚仁义道德，伟大的华夏文明滋养了她。

　　是文明的互动，培育出了艾伟德精神；艾伟德精神，最终成为全人类优秀文明的共同结晶。

　　艾伟德和艾伟德精神，因之赢得了永生。

　　艾伟德在抗战期间拯救百余名中国孤儿的故事，发生在阳城，发生在中国，所以也不应该埋没在中国。

　　希望我们的这部《六福客栈——小妇人艾伟德传奇》，成为一个明证。

目录

001 / 第一章　破冰之旅

024 / 第二章　六福客栈

051 / 第三章　老杨、九毛与县长

080 / 第四章　禁足督察

099 / 第五章　烽火硝烟

126 / 第六章　千里走传奇

156 / 第七章　三代百年心

182 / 第八章　艾伟德永生

第一章　破冰之旅

一

多年过后，回想当初，谭曙方依然对他和莱瑞·阿尔蒙的那次校园偶遇感到庆幸。

2004年初秋，地处中原的郑州依然有些燠热。一个周末的傍晚，在郑州大学西亚斯国际学院校园内，谭曙方遇到了学院教师美国人大胡子莱瑞。此时的谭曙方任职该学院办公室主任。由于工作关系，他与外教们混得很熟。莱瑞体形壮胖，身着一件超薄短袖花衬衫，面颊与脖颈上汗珠滚动。

谭曙方笑着问，几分调侃："郑州此时的气温，比你们家乡怎么样啊？"

莱瑞一边擦汗，一边回应："郑州，比我的家乡凉爽多啦！"

打着哈哈寒暄过后，两人就要擦肩而过了。那么，这次偶遇，也许只是一次再平常不过的碰面打招呼罢了。莱瑞仿佛因为两人碰面而顺便发出了邀请，但语气热情诚恳："外教公寓今晚将要播映一部美国电影

《六福客栈》,其英文名字是The Inn of the Sixth Happiness。不知曙方先生能否拨冗一观?"盛情难却,恭敬不如从命,谭曙方愉快地接受了这一邀请。

准确地说,在看这部电影之前,谭曙方对《六福客栈》的女主角艾伟德其人一无所知。在那个仅有百十平方米的黑暗的小放映厅内,在英格丽·褒曼主演的这部电影放映的两个小时里,谭曙方被深深地震撼了。

英格丽·褒曼在电影《六福客栈》中饰演艾伟德。

《六福客栈》是美国好莱坞20世纪福克斯电影公司20世纪50年代拍摄的一部人物传记巨片,曾获第十六届美国电影金球奖,风靡欧美,艾伟德的故事因之而几乎家喻户晓。

艾伟德,一位英国普通下层女子,没有金钱,没有地位,甚至没有正式的传教士身份,不远万里孤身前来中国,竟然做出了值得载入史册的传奇般的伟大业绩。是的,艾伟德的所作所为,完全应该称之为传奇,事实上已经载入了史册。她在中国山西一个偏远的县份阳城,前后生活了十年。在几乎是身无分文的情况下,这个英国小女子心存博大爱心,具有钢铁意志,开办客栈、收养孤儿,参与当时中国政府倡导的解放妇女的禁足运动,在中国艰苦卓绝的抗战中伸出援手救死扶伤。种种善举,不一而足;其所作所为,足以令人钦佩,令人叹服。

如果艾伟德的事迹仅仅如此,那么她或许也就如同当年在中国大陆传播福音的诸多外国传教士一样，顶多是在教会的档案中静静躺着一段尘封的历史片段罢了。然而，当历史推进到中国的抗战时期，艾伟德的个性化历史熔铸进了全人类反法西斯的伟大历史之中。由于日寇侵华，战争孤儿成批出现，曾经零星收养救助孤儿的六福客栈，此时完全变成了一座孤儿院。艾伟德竭尽所能，一共收养了百余名战争孤儿。当日本鬼子数次攻陷阳城，当日寇的飞机狂轰滥炸，已经在阳城居民区和贸易街市炸死屠杀千余名无辜平民的情况下，艾伟德当机立断，毅然带领她的孩子们从阳城出逃。没有金钱，也没有充足的食物，艾伟德带领着这支队伍，冒着日寇的轰炸扫射，穿过密林，翻越高山，跨过黄河，奔赴中国抗战的后方，目的地是当时未被日寇占领的西安。

那是怎样的一支队伍啊！最大的孩子，仅有十六岁；最小的，不过三四岁，还得艾伟德和中国民夫背在身上甚至抱在怀里。病弱的艾伟德就是带领着这样一支队伍，跋山涉水，餐风饮露，在战火硝烟中艰难行进了二十多天，艰难跋涉一千余里，终于抵达目的地。当行程结束，孩子们的脚上已经统统没有了鞋子，而是包裹着褴褛的破布。

电影《六福客栈》剧照。

大家面容黧黑，疲惫不堪。当然，在电影里，孩子们和他们伟大的母亲艾伟德皆是笑容灿烂。百余名孤儿，一个都没有少。电影的结尾，准确再现了当时那伟大历史瞬间的真实：心力交瘁的艾伟德，在欢迎的人群里昏倒了……

在电影结尾处人群的欢呼声中，谭曙方被艾伟德的人道主义精神感动落泪。

放映厅灯光亮起，从欣赏影片的感动回到现实，谭曙方和所有受邀观看电影《六福客栈》的中国教职员工同仁们，都受到了强烈而持久的心灵震撼。艾伟德其人的所作所为，那堪称传奇的人道主义救助行动，就发生在抗战时期的中国大陆，但在我们中国大陆，却几乎没有一个人知道这位名满天下的杰出女性，几乎没有一个人知道六福客栈，几乎没有一个人知道艾伟德的伟大义举！

相比而言，谭曙方的心灵震撼更为强烈。

他本人就生在山西长在山西，晋城、阳城，他去过不止一次。在那儿，他有许多朋友，但他和他的朋友们，居然谁都不知道发生在山西阳城的这样一个真实的故事。

这到底是怎么回事？艾伟德的事迹发生在几十年前，时间这盘磨真的能够消磨掉曾经的真实吗？抗战是过往的历史，历史的尘埃难道能够湮灭掉人类的记忆吗？抑或是中国人真个那样颟顸健忘，大家陷入了群体失忆，忘记了曾经无私救助过我们的恩人？

同在后排就座观影的学院国际交流处处长李战友，从座位上站起来，快步走到谭曙方身边，激动地说："谭主任，这个故事就发生在你们山西啊！"

"是啊，我根本没有想到！"

第一章 破冰之旅

"电影里那个县,在山西哪一块地方?"

"电影里的那个县,是阳城。阳城县就在山西东南端,归属晋城市。和你们河南接壤,其实离郑州非常近!"

"离郑州非常近……"李战友一时沉吟。

谭曙方脱口而出道:"我们应该到阳城跑一趟,去看看六福客栈还在不在。还有,看外教们对这个故事的着迷情形,他们或者也有兴趣?"

李战友兴奋地说:"啊,这是个好主意!等我和外教们商量一下,再做安排。"

受到电影《六福客栈》的感动,受到艾伟德其人其事的感召,谭曙方和李战友来不及深思熟虑,匆匆做出的决断看似有几分草率,但后来回想,那发自内心的冲动,那脱口而出的决断,决定了后来发生的一切。

就是这次临机决断,开拓了一次破冰之旅。

二

几周之后,李战友来找谭曙方。他告诉谭曙方,协调工作已经完成。李战友刚与外教们提及,"谭曙方是山西人,对阳城县比较熟悉",外教中好多人早已迫不及待提出请求,希望谭曙方能够带领他们去阳城一趟。六福客栈,在他们心里是个极其神圣的地方。他们要去寻访六福客栈,乃至是要去朝拜那处大伙儿心目中的圣地。

李战友说:"怎么样?反正我们也得定期组织外教去旅游,咱们就走一趟山西阳城吧?"

谭曙方当即爽快答应:"好!晋城那面我有不少同事朋友,我来负责联系。如果成行的话,我还可以给大伙儿当导游!"

当下,两人相互击掌,一言为定。

随即,谭曙方给山西晋城的老朋友高青定打去了电话,委托高青定与当地政府和有关方面协商,希望当地能够接待一批要去寻访六福客栈的外国客人。

高青定在当地人脉资源广泛,为人热情,急公好义。但谭曙方心中清楚,事情不会那么简单。在一个山区小县,能否找到一家涉外宾馆妥善安置这些外教?由于涉及外事,又牵扯到宗教政策,政府方面又能否予以正式接待?可想而知,这事难免要大费周章。

不过,政策是死的,人是活的;条文条例往往冷冰冰,人心天性常常热辣辣。电话那头,高青定满口答应,全力帮忙。

高青定先给阳城有关方面去电话了解情况,根本没有人知道什么六福客栈。因为涉及外事,他转头又与晋城市外事办联系。高青定言行必果,没有叫苦,没有向谭曙方讲述他从中策动此事的种种曲折。当事情有了着落,他当即给谭曙方回话,略带疲惫却又分明透着兴奋说:"咱们中国人、山西人、晋城人、阳城人,向来有好客的传统。老谭你放心,你的事就是我的事,说来都是咱中国人的事!"

2004年10月16日早晨,郑州大学美国教师参访团一行十五人,从郑州大学西亚斯国际学院校园乘校车出发。西亚斯国际学院成立于1998年,是迄今为止中国大陆中外合作规模最大的一所学院。2004年,在校外籍教师达一百多人。这一天同车前往阳城参访的，还有一位专门从山东交通大学赶来的美籍教授查尔斯博士。

大概是此行要去一个闻名美洲和欧洲的圣地——中国阳城，要去寻访那个发生过许多动人故事的六福客栈，外教们都相当兴奋。

莱瑞对此次阳城之行做了充分准备。他带了一本英文版传记《小妇人》，那是由英国广播电台节目编制人艾伦·伯格斯20世纪中叶采访艾伟德之后所撰写。莱瑞还特意复印了该书扉页，那上面有艾伟德从英国伦敦前来中国山西阳城的路线图。他把复印的路线图，发给了车上的每个人。

尽管美国教师参访团一路所走的路线，与当年艾伟德进入山西与抵达阳城的路线毫不相干，但他们依然时不时地看看那张路线图，嘴巴里不停地说着"阳城"这个地名。如同在电影《六福客栈》中，那些外国演员频繁挂在嘴巴上变调了的"阳城"——他们都把"城"这个平声汉字念成了去声。

电影《六福客栈》拍摄于1958年。由于特殊复杂的历史原因，影片只能在欧洲等地拍摄。20世纪30年代中国阳城的场景，根据照片与艾伟德当年的描述，全部搭景拍摄。基于认真的拍摄制作，那些场景看上去都惟妙惟肖。制片方精心挑选了国际影坛巨星英格丽·褒曼扮演主人公艾伟德。英格丽·褒曼这位被称为即使不穿华贵的衣饰也同样气质典雅、熠熠生辉的"好莱坞第一夫人"，曾经三次赢得奥斯卡金像奖。在她出演艾伟德的年代，其演技早已炉火纯青。果然，《六福客栈》在美国和欧洲上映后，如同制片方的预期，即刻引起巨大反响。经过短短的放映周期之后，艾伟德的故事达到了家喻户晓的效果。影片获第十六届美国电影金球奖，获奖理由是："最能促进国际了解的影片。"该片导演马克·罗布森，则在当年获得了奥斯卡金像奖最佳导演提名。

电影《六福客栈》宣传海报。

确实，一部在人物塑造方面以及在思想性和艺术性上都极为成功的电影，其感染力是巨大的。电影《六福客栈》艺术地再现了历史生活中曾有的真人真事，那位英国女子小妇人艾伟德，由于这部伟大的电影而获得了永生。

这段时间，谭曙方除了回味那部为之落泪的电影外，同时千方百计查找资料以了解艾伟德的"本事"。随着了解的深入，再看这帮外教对于艾伟德其人其事、对于参访六福客栈所表现出来的超常热情，谭曙方就有了某种同情的理解。

载着大伙儿兴奋而急迫的心情，校车一路风驰电掣。郑州距山西晋城果然并不遥远，公路越过两省边界，前头便是晋城地面。拍着胸脯自告奋勇要为大家担任导游的谭曙方，此时难免几分忐忑：晋城方面的朋友们，不知安排得怎么样了？万一出了岔子，自己该如何交代？

经过高青定出面协调，包括鼓动宣传，事情的进展也还差强人意。当美国教师参访团的车子驶入晋城边界，高青定当先，晋城市外事办与侨务办的两位副主任王长胜与尚建中，已经在路口等候了。

经过简单介绍，谭曙方得知，安排此次阳城之行，不出所料果然不简单。知道了有这么多的外国人要到阳城去寻访六福客栈，去寻访一个外国传教士当年在中国抗战时期居住过的故址，晋城市政府非常重视。经开会研究，责成晋城市外事办将此事郑重上报国家外事办。假如上级有明确指示"不予接待"，市政府定然是令行禁止，绝对服从。好在国家外事办见多识广，发来了明传电报，明确答复准予接待，同时对当地接待活动提出了若干具体要求。既然允许接待，并有具体要求，负责承办的官员们便运作开来。身在中国，个中人大都明白其中关窍。虚应故事，简单走过场，糊弄洋鬼子，是一种干法；积极能动，充满热情，竭尽所能，"有朋自远方来，不亦乐乎"，当然就是另一种干法。

美国教师参访团一行，没在晋城停留，径直奔赴阳城。到了阳城，大家被安排在政府刚刚新建的一个宾馆里住下。星级宾馆，服务倒也周全。

谭曙方的一颗心，这才放将下来。

眼下一切顺利，外教们意气风发，摩拳擦掌。人们围拢着莱瑞，争相传看六福客栈当年的照片，恨不得放弃午餐，当下就去参观原汁原味、保存完好的客栈原型。有的，甚至比画着庆贺胜利成功的手势，表情夸张；有的，已经在向谭曙方表达他们真挚的谢意。

三

当天下午，在一间颇为高档的会议室里，阳城县政府、政协、统战部为美国教师参访团一行举行了一个欢迎会。会议场面不大，人也不多，但仪式非常隆重。除当场播放了《六福客栈》的一些片段外，由查尔斯代表美方向阳城县政府赠送了一套从美国带来的《六福客栈》电影光盘。整个欢迎仪式，充满了一派热烈友好的气氛。

查尔斯高龄七十九岁，在一群美国教师当中分明德高望重，颇受大家尊重。接下来，由他代表美方郑重其事地说明了外教们此行的具体意愿：大家前来阳城，第一，想参观一下六福客栈原址；第二，想看看艾伟德在阳城居住过的小院；第三，还想见一见当年艾伟德救助过的孤儿。

2004年10月，查尔斯向范忠胜赠送《六福客栈》电影光碟。

查尔斯所言外教们的意愿，其实也是谭曙方和李战友等中方人士的共同意愿。

此时，会场即刻安静下来，几乎听不到任何声息，仿佛正在放映的电影出现了停电故障。沉默让场面陷入几分尴尬。谭曙方觉得自己心跳加速，某种不祥的预感升腾弥漫。

谭曙方放眼高青定，只见他一脸严肃，谭曙方把目光移向范忠胜。

范忠胜是此次政府接待工作阳城方面的负责人。他清了清嗓门，诚实地说："我就是阳城人。工作这么多年来，还是第一次见这么多外国朋友来阳城。我们也是第一次听说艾伟德这个人和六福客栈的故事，过去就根本不知道也没有听说过这个事。知道你们要来，我们查阅了《阳城县志》，县志上也就是写了一句话，没有更多的内容。也派人询问了一些可能的知情人，可七十多年过去了，当时的人都很难找了。有人说，原来那个六福客栈的旧址，就在县城的城边上，但可能已经破坏了……"

外教们一下子全都沉默下来，一个个脸上挂出失望的表情。他们原以为这个山区偏僻小城，还保留着20世纪30年代的风貌。他们觉得六福客栈理应原样未动，乃至得到了很好的保护，供人参观与瞻仰。想不到事与愿违，真实与想象之间、历史与现状之间，悬隔天壤！大家高涨的热情、强烈的巴望，犹如兜头浇下一瓢凉水。

看着眼前的场面，想不到事情会是如此一个结果，谭曙方也有些急了。除了深深的失望，还有强烈的负疚。他知道，这不是自己的责任，甚至永远弄不清这是谁的责任，但他的负疚感还是百计驱之不去。为自己，也为别人。

这时，高青定打破缄默，询问范忠胜："七十多年了，六福客栈的原样恐怕难以保全。不过，客栈的旧址破坏了，那个地方总还在吧？"

他的意思再明白不过了，一大帮外国朋友热扑扑来到阳城，终不成就这样完事了吧？

范忠胜说道："由于时间紧迫，我也没有亲自去做过考察。不过，我们还是尽力做了一点工作。就在刚刚咱们开会前，我已经派人出动，争取能够找到一些相关人士。咱们再耐心等等，好吗？"

后来，为艾伟德和六福客栈的相关事宜，我们曾经不止一次接触过范忠胜。其实，他在内心深处也极为看重这件事情。只是，由于事起仓促，阳城方面确实准备不足；再者，由于年隔久远，寻访旧人故地真的有困难；还有，范忠胜有自己的工作方法和语言方式。一件事只有两分火候，绝不会虚张到三分。情况就是这样，单单嘴上说得动听管什么用呢？

范忠胜的一番话，又给大伙儿带来一点儿新的希望。仿佛几乎熄灭的灰烬，又亮起了一点儿火星。

在大伙儿焦灼等候的时刻，查尔斯发言了。

他说得也非常诚恳："为了来阳城，我们精心准备了一段时间。应该说，主要是一种心理准备。艾伟德的故事、电影《六福客栈》，影响了我们几代人，至今还影响着美国当代的年轻人。我在美国的儿子听说我要来这里——阳城，非常兴奋；我的好多朋友听说我要来这里，也非常高兴。能够来到阳城，来到艾伟德曾经生活过十年的地方，可以说，我们的心愿已经达到了。我的儿子、我的朋友们，他们甚至会羡慕我能够找到这里。"

接着，查尔斯话锋一转："可以这样说，全世界都知道中国阳城的六福客栈。遗憾的是，你们很多人却不知道。"

查尔斯在二战期间曾经是美国空军的飞行员，参加过中国的抗战。当宋美龄赴美进行外交游说（与治疗疾病）归国的时候，是查尔斯亲自驾机护送回来的。所以，查尔斯有很深的中国情结。一旦提到抗战，查尔斯会说："那个时候，日本法西斯是我们共同的敌人。"他在这儿所说的"我们"，当然是指中国与美国。

第一章 破冰之旅

此刻，当查尔斯说到中国很多人不知道阳城六福客栈的话题，在场的中国人统统无言以对。

是的，是无言以对。查尔斯的话里，有某种遗憾，甚至有几分含蓄的批评，但他说的是事实，我们有什么可以辩解的呢？

作为一名中国人、一名山西人、一名以书写文字为己任的自由撰稿人，不知道艾伟德其人其事，是说不过去的，谭曙方暗暗下定决心：过去我们不知道，这或许情有可原；现在我们知道了，我们会肩起责任，用我们的笔，写出这段曾经的历史。我们终将向全世界证明：中国人知恩图报，以德报德，中国人绝不是忘恩负义的族类！

不言谭曙方暗下决心，心猿意马，驰骛八极，而阳城毕竟不大，范忠胜派出去的人手，游走一圈，已经陆续归来。

真应了陆游的两句诗所言："山重水复疑无路，柳暗花明又一村。"工作人员撒开人手，按图索骥，竟然一并找来了好几位关键人物。

一位，是阳城县基督教协会会长牛天平；一位，是如今居住在艾伟德曾经安身的小四合院的卫华林大嫂；还有两位，竟然是当年随艾伟德徒步跋涉千里去往西安孤儿的后代。

当范忠胜打起精神，一一介绍这几位特殊人物时，所有外教的目光登时为之一亮。现场气氛，趋于热烈。

相比在场与不在场的所有阳城人，牛天平身为该地基督教协会会长，或者得益于教会方面的信息资源，他竟然知晓六福客栈和艾伟德的事迹。牛天平十分健谈，还没有等主持人请他发言，就主动开说，而且是滔滔不绝，言之有物。

牛天平讲道:"艾伟德与劳森夫人当年居住的小四合院和房子,现在还基本完好。当地老百姓沿袭当年说法,至今还称那座院子是耶稣堂院。院落,就在城边的东关村里,距我们开会的这个地方不远,走路十分钟就到。那座院落现在居住的主人,就是这位卫大嫂。至于六福客栈,这个地方还在,空着,不过已经荒废了。具体地点,就紧挨着艾伟德当年居住的院子。还有,当年跟随艾伟德翻山越岭去往西安的孤儿,现在都不在阳城。在座的这两位,是孤儿的后代。一个叫成白锁,是成张虎的孙子;一个叫高安虎,是高晓川的儿子。"

查尔斯与成白锁。

牛天平一席话,愈益助燃了现场气氛。

这两位孤儿的后代,不善言谈,全然一副憨厚朴实的山西农民形象。美国人则激动起来,等不及宣布会议结束,就迫不及待地与卫大嫂和成白锁、高安虎合起影来。

一位美国女教师问成白锁:"你爷爷什么时候回来过?他现在在哪里?"

成白锁说:"他已经去世多年。五几年回来的,回家来种地呗。"

另一位美国教师插话说:"你爷爷谈过他翻山越岭过黄河去西安的

事情吗?"

成白锁说:"听家里人说,当时他有八九岁,事情记得很清楚的。后来当了兵,过了十多年后才回来……"

现场纷纷扰扰一通,随后美国教师参访团全体在牛天平和卫大嫂的带领下,步行去寻访当年的六福客栈。一群洋人走在阳城的街市上,自然是要沿途观赏这座老县城的当下景观,而当地市民行人难免会驻足,注目观看这些观看风景的洋人。

20世纪30年代阳城旧貌效果图。

小小的县城,犹如发展中的中国许多古旧城镇,俱都旧貌换了新颜,但昔日风貌照样依稀可见。艾伟德居住过十年时光的阳城东关村,就更是如此。新城扩展开来,早已漫过古城墙,县城与东关,已经没了明显的边界。然而,从东关地面仰头去看,还能看到被若干新的建筑所包围的古城墙段落。斑驳的墙体、生出霉苔的古砖，书写着年代刻痕；幽深狭窄的小巷、跨越河道的古朴拱桥，描画着定格了的历史；敞开半扇木门的小四合院，漾出慈祥笑容的晒太阳的老翁老妪，此刻竟然犹如再现了电影《六福客栈》中的镜头。

外教们微笑着，彬彬有礼地与小巷里的居民行人打着招呼，在众人好奇眼神的注视下，步入小巷深处。

一截低矮的残留土墙和庄稼秆编织的篱笆墙，围拢着一处空旷的院落。引路的牛天平停下脚步，指着里面高声说："这儿就是艾伟德当年的六福客栈！"

这里就是六福客栈！

狭窄的小巷和周边的院落围拢出一片空地，曾经的房舍早已坍塌，大约有一亩大小的院落里，散乱地枝蔓了齐腰深的蒿草。一眼古老的水井，没了井沿，只有一架同样古老的辘轳，勉强支撑了身姿。

一行人终于见到了几乎是梦寐以求的六福客栈，六福客栈又哪里还是艾伟德的六福客栈！

外教们嘴里发出一些声响，也许是错愕，也许是叹惋；人们的表情，与其说是瞻仰，莫如说是在凭吊。

但大家的表情俱都肃穆庄重，纷纷举起手中的照相机与摄像机，在一片咔嚓咔嚓的声响中，六福客栈的遗址被镜头取走。

看罢六福客栈，再往那片密集的古旧建筑深处行进，是一条大约两米宽的小巷。巷子中部，一个面南的门楼，石质底座古朴坚实，青砖门柱两厢矗立。门边墙上，不知何年何月书写的黑色毛笔字，依稀可辨。那字迹上下两排，写道："旧耶稣堂院，行后巷6号。"

牛天平指着那字迹说："这就是艾伟德和劳森夫人当年居住的院子了。"

阳城东关行后巷6号曾经是艾伟德20世纪30年代在中国居住的小院。

大家跨上几级青石台阶，进门是一个幽暗狭长的门洞，直对一面照壁。从照壁前右拐，就进了院子。一座基本保存完好的中国北方小四合院，呈现眼前。

阳城原是山西省富庶地面，中等以上人家，房屋建筑规制一般都是二层小楼。这座耶稣堂院，至少已经有百年历史。木质楼梯和楼上的阳台栏杆，昔日油漆色彩尽数褪去，此时显出黑褐色的木质纹理。卫大嫂把家人都喊了出来迎接这些稀客，寂静的小院，因为一下子来了数十位客人而喧闹起来。

艾伟德曾经居住过的小楼。

这些个美国人立刻忙碌起来，楼上楼下拍照，又与房东家人合影，还不时地提出许多问题。身材高大的美国人，踏着吱吱作响的木梯上楼，让人感觉那楼上的房子矮了许多。遗憾的是，这座院子里年龄最大的房主人也不过六十来岁，他们对六福客栈的事情一无所知。

他们当然更不会知道，就是他们今天居住的这座小院，美国人于1958年拍摄电影《六福客栈》时，是花巨资在伦敦搭建的。当阳城、六福客栈、艾伟德的故居小院，在那电影中蹩脚的复制模样吸引了美洲和欧洲的无数眼球时，真正居住在六福客栈边上这座小院里的阳城人却浑然不知。整个阳城浑然不知，整个中国也浑然不知。

圣人孔夫子说："知之为知之，不知为不知，是知也。"

从不知到知，也许隔着一道铁幕，也许只是一层窗纸。也许是七十多年的光阴，也许只是谭曙方和莱瑞的瞬间偶遇。

阳城人、中国人，此时已经知道了。

中国古代哲人又说："亡羊补牢，为时未晚。"

在艾伟德故居小院，牛天平又动情地向人们介绍了一些他所知道的艾伟德的故事。他说："艾伟德回到英国之后，写了一本自传，叫《我的心在中国》。她在世界各地演讲，讲的是自己在中国的经历。她在中国台湾去世，埋骨台北，但遵照她的遗嘱，她的头朝着中国大陆的方向。"

牛天平所讲述的，超出了电影《六福客栈》提供给观众的信息。外教们也许早已知道这些，但他们都静静地聆听着牛天平的讲述。当然，谭曙方听得就更加仔细认真了。

按照参访安排，根据阳城方面此次接待所能提供的内容，寻访六福客栈的活动快要临近尾声了。

就在艾伟德那座中国阳城的故居小院里，谭曙方心头萌生出一个巨大的信心：眼下，只有一个牛天平，对艾伟德的事迹知道一点儿，但从今往后，将一定会有更多的人知道，而且会知道得更多！

外教们的此次阳城之行，虽然有不尽人如意之处，但也相对圆满。

外教们基本上如愿以偿，来过了阳城，看到了六福客栈遗址，瞻仰了艾伟德在中国阳城的故居。

但此次参访活动的意义远非仅此而已。一些阳城人，若干晋城人，还有一个文化人谭曙方，从此知道了六福客栈，知道了关于艾伟德的许多事迹。他们都是此次活动无形中播下的火种。那是全人类文明对抗法西斯的人道主义火种。

星星之火，必将燎原。

四

离开阳城县城，当地政府邀请外教们到地处阳城的著名旅游景点皇城相府参观。所谓皇城相府，是后来顺应旅游开发形势出现的一个名堂。这儿原是一个陈姓家族聚居的村庄，从明孝宗到清乾隆年间的二百六十年中，村里一共出了四十一位贡生、十九位举人。清代初叶著名的政治家、文学家、理学家、诗人陈廷敬是其中的佼佼者。他是康熙大帝的老师、《康熙字典》的总阅官，是辅佐康熙半个世纪之久的一代名相。古村落经由陈氏家族历代修缮增益，到陈廷敬时代，拓展扩充改建为一个宏伟的城堡式建筑群。老百姓称之为皇城村。皇城村至今保留下来九万多平方米的古建筑，成为一个珍贵的古代建筑博物馆。

那天上午9点30分，当皇城相府城墙外表演场所音乐响起时，礼炮齐鸣，身着古装扮演皇帝和陈廷敬的村民演员以及庞大的随从队伍，从宰相故居的城门内缓缓走出。盛装华服，做张做致。一行人观赏完盛装的古代礼仪后，又步入城堡观赏了相府里的建筑和民俗文化展示。中午，外教们品尝了据说是皇家风味的佳肴。

皇城相府距阳城东关不过十公里之遥。这儿的热闹场面与近在咫尺却冷冷清清的六福客栈，形成了一个极为强烈的巨大反差。

皇城相府毫无疑问应该保护开发。不仅是可见的建筑文化，特别是这儿所积淀的浓厚的传统文化，足以令人惊叹。但同样毫无疑问，六福客栈这一名堂所承载的东西方文明碰撞的结晶，哪怕仅仅是在旅游的意义上，同样应该得到保护与开发。

参观完皇城相府，一行人乘坐的大巴即将启动，宾主双方一一握手告别。李战友紧紧地握着阳城县政府办公室负责人的手，一派诚恳说道："希望你们一定要重视六福客栈。在西方，人们不一定知道中国的郑州、太原，但他们知道中国的阳城，知道阳城有一个六福客栈。"

这句话，他在阳城县城参观时就说过，此时再次言及，更加语重心长。

回到郑州大学西亚斯国际学院之后的第二周，谭曙方在行政办公楼里碰到了一道去阳城的凯瑞·布兰奇。这位年近七旬的女士，2002年来到学院任教，之前在美国加州乔巴蒙大学做资金筹集管理工作。她兴奋地告诉谭曙方说，她打电话告诉美国的亲人与朋友，说她在阳城找到并参观了六福客栈，他们大为惊讶，而且非常羡慕她的阳城之旅。

其实，谭曙方凡是在校园遇到参加过那次阳城之旅的外教，他们一概如布兰奇一样，都会纷纷向他讲述同样的情况。讲及他们远在美国的亲友们，分享到了他们阳城之旅的喜悦。外教们都无比开心，仿佛仍然沉浸于阳城之旅之中。谭曙方知道，阳城之旅将成为他们心中异常珍贵的一段记忆。

阳城之行一个月后，谭曙方突然接到查尔斯的电话。查尔斯说他要来西亚斯国际学院，并且已经约好了范忠胜一道前来。他说要与谭、范二位协商一个他深思熟虑过的计划——在阳城建造一个能够接待美国友人参观六福客栈的地方。大家如约见面之后，查尔斯谈了自己的具体想法。他准备个人设法筹资，在阳城建造一个接待中心，专门接待从美国来参观六福客栈的人。

凡此种种，都是本次阳城之旅在外教们身上产生出的后续效应。外教们一再表示，即便六福客栈已经破败，即便只剩下一处遗址，他们的家人孩子、亲朋好友，也会不远万里前来参访、瞻仰、朝拜。

同样，由于此次阳城之行，谭曙方在观赏电影《六福客栈》受到强烈持久的震撼之余，心中萌生出了作为一名中国人的无可推脱的责任感与使命感。

艾伟德诞生于1902年，到谭曙方一行寻访六福客栈时，这位在西方有着"中国孤儿的母亲"美誉的女子，这位世界反法西斯东方战场的女英雄，享尽了百年孤独。

在阳城参访现场，谭曙方心中曾经生出的那一丝愧疚，百计驱之不去。此时，他再次坚定决心，一定要为此做点什么。现在就做。对了，就是现在。立刻！马上！

他先在网络上搜索《六福客栈》电影，特别是希望能看到翻译片，哪怕只是中文字幕。但遗憾的是，别说电影，连电影简介也搜索不到。其他有关艾伟德的信息，也只是在部分宗教网站与维基百科里有些极其非系统的介绍。

听说查尔斯为了他的计划放弃教职回到了美国，谭曙方立即通过电子邮件请查尔斯帮忙。不久，谭曙方就收到了查尔斯从美国寄来的两张《六福客栈》电影光盘，包括部分较为详细介绍艾伟德的文字资料。其时，是2005年4月。

此时，在国内媒体上依然几乎看不到关于艾伟德其人其事的任何介绍。这足以令人沮丧。更有甚者，据阳城当地人透露：在十五名美国教师赴阳城寻访六福客栈之后不久，那处已经荒芜破败的遗址，被彻底消失了。一座新盖的、四四方方的住宅楼，完全覆盖住了六福客栈旧址！

谭曙方痛心疾首，感觉如鲠在喉，不吐不快。他当下援笔疾书，写就了一篇七千余字的散文，题为《寻找六福客栈》。此文很快发表于《中国测绘报》，尔后又全文刊载于《太行晚报》与《都市》文学杂志。

同时，谭曙方开启了自己的博客，将此文即时发表于网络世界。

在《寻找六福客栈》文前，谭曙方添加了一段醒目的题记：

> 中国或许有许许多多的六福客栈，但与格拉蒂丝·艾伟德、英格丽·褒曼以及美洲与欧洲联系在一起的，只有一个，那就是山西省阳城县的六福客栈。

文中写道:"六福客栈因为有了艾伟德的灵魂,本应该是世界上最有名的客栈之一,当然也更应当是中国最有名的客栈之一。可它在中国的土地上默默无闻,阳城不知道,山西不知道,中国也不知道。那个宝贵无比的六福客栈,不知什么时候被毁掉了。"

谭曙方在文章的结尾,申述了自己内心的一线希望。他说:"艾伟德在抗日战争期间拯救百余名中国孤儿的故事,发生在阳城,发生在中国,所以也不应该埋没在中国。我相信,六福客栈的新故事在阳城已经悄悄地开始了……"

一时间,艾伟德的名字,在纸媒与网络上不胫而走。

另外一场更为规模宏大的破冰之旅,开启了!

第二章　六福客栈

一

写出散文《寻找六福客栈》，谭曙方不啻一吐为快。文章能够及时公开见诸报刊，谭曙方颇感欣慰。但几乎在同时，他的心里又有几分忐忑。人们会注意到这篇文字吗？艾伟德的故事、六福客栈的命运，会引发读者应有的关注吗？时隔久远，时光的蒙尘太厚了；现代化的战车隆隆向前，被裹挟在这辆车子上的人们太浮躁了。

不久，传来了令人欣慰的消息。

署名"平客"的阳城青年靳凤伟在网络发表了一篇《上帝来过阳城》的文章。文章说，偶尔看到《寻找六福客栈》这篇散文，一口气读了好几遍，心潮起伏难平，随即在电脑上敲下这篇思绪纷飞的文章。他在文中将艾伟德的传奇故事简要介绍了一番后大发感慨："在读完大量关于艾伟德的故事后，这惊讶就变得枝枝条条，像一棵从春天进入夏天的树，依着故事情节的养料，迅速繁盛起来。先是对这个故事背景的狠狠惊讶，我没想到这个可以和《辛德勒的名单》相媲美的感人故事竟然发生在我们的阳城。这发生在我们身边的传奇而又感人的故事，我们却浑然不觉，我们这一'浑然'，就'不觉'了七十五年（艾伟德从1930年来到中国）。到1958年电影《六福客栈》热遍西方的时候，我们又茫然无知了将近半个世纪。如若不是这帮老外来阳城寻找六福客栈，我们也许还会让这个传奇继续雪藏下去。"

以"平客"的网络文章为发端，网友们当即发动了强大的互联网搜索引擎。信息海洋深处的六福客栈碎片，被一片片打捞出水；艾伟德其人其事，随着六福客栈这艘沉船，缓缓浮出水面。

张石山就是在这个时候第一次接触到了这一信息。他和谭曙方是多年好友，在一次文友相聚的酒会上，不善言辞的谭曙方提及这一话题，张石山即刻越俎代庖，当众话说艾伟德，滔滔不绝，声情并茂。

当时，他俩都没有想到要为六福客栈、为艾伟德其人写一部书，更没有想到二人日后会合作一把。事实上，他们的准备还远远不够。"文献不足故也。"除了一部好莱坞的电影，除了零零星星的网络碎片，材料严重不足。

艾伟德在等待。她已经等待了半个多世纪。

艾伟德1949年离开中国大陆回到英国之后，关于她在中国的事迹，西方陆续出版过多部专著。最早的也最具权威性的，至少有两部：一部是由伯格斯为艾伟德撰写的英文版传记《小妇人》，一部是艾伟德的口述自传《我的心在中国》。关于艾伟德的主要事迹，她是怎样来到中国阳城的，包括创办六福客栈的简单过程，应该说都有相对完备的介绍。

六福客栈原本是1930年艾伟德初到阳城的时候，英国传教士劳森夫人临机动议创办的。那么，劳森夫人又是何许人也？身为传教士，缘何会生出创办客栈的念头呢？

根据出版物所提供出的史料，我们能够判定：艾伟德直到抵达中国阳城，也并没有取得传教士的正式身份。那么，艾伟德又是如何来到中国的？她参与创办的六福客栈到底有着怎样的业绩？这位英国小妇人究竟为我们中国做了什么，乃至英名远播，成为欧美家喻户晓的传奇的呢？

而且，艾伟德就是在中国阳城，申请加入的中国国籍。当她回到出生地英国，除了长相外貌，她已经完全变成了一名中国人。从那以后，艾伟德犹如她在中国居留二十年一样，常常身着中国旗袍，脚踏中式绣花鞋，言谈之际一口一个"我们中国""我们中国人"。那么，本来要到中国传播上帝福音的一个英国人，又是如何接受了中国深厚文明的熏陶，与华夏文明取得了高度认同呢？

华夏文明，不仅古老厚重，自成体系，而且胸襟开阔，兼容并包。众所周知，佛教传入中国，经过上千年的吸纳交融，早已完全中国化。在它原本的诞生地天竺今天的印度，佛教恰恰已然衰落。可以说，佛教之花正因为嫁接于华夏文明强固的植株之上，方才获得了永生。自大汉大唐开始，西方的祆教、景教，几乎任何外来宗教，无不被容许自由传道，但从来没有任何取代华夏文明的可能。

过去不会，现在不会，将来也永远不会。

质言之，文化的传播，从来都是双向的。居高临下的、骨子里盛气凌人的西方意识形态，面对全人类文明史上唯一不曾断裂的华夏文明，在东方遇到了永远无法攻破的坚城。只有低下头来，放下身段，真正采取平等交流的态度，才会受到好客的东方发自内心的欢迎。这样才"文明"，这才符合"文明"的题中应有之义。只有这样，传教士们才可能真正了解中国，而当他们真正多少了解一点儿中国的时候，他们就会由衷喜欢这个国家，甚至爱上这个国家的人民。

艾伟德坚决要求加入中国国籍，最终成为一名中国人，是否有着如上所言的原因？

二

艾伟德在启程前来中国之前，没有取得传教士的正式身份。除了对东方神秘国度的向往，剩下的只是狂热的宗教激情。

艾伟德1902年2月24日出生于英国伦敦北郊的埃德蒙顿。童年时全家搬迁至芝丁顿街，周边环境优雅而又安静。她的父亲是邮局的一位职员，在她的记忆中，每当父亲身着镶着红色徽章的邮局制服，踏着一双笨重的靴子回到家里时，她和妹妹或者是小伙伴们正在街边尽情地玩耍。艾伟德的童年也算是快乐无忧，生在基督教家庭的她，自然从幼年开始就随了父母的信仰到教会去上主日课，即每个礼拜日到教会学习专

艾伟德在伦敦恩菲尔德区芝丁顿街故居（侯清源摄）。

门为儿童开设的基督教福音课程。

一战开始之后，整个欧洲经济衰退。艾伟德没有继续升学读书，初中辍学。为了补贴家用，她做家庭女佣。正如中外无数的同龄少女，她也有着自己的灰姑娘之梦。艾伟德曾经利用业余时间去上戏剧课，内心憧憬成为一名站在舞台上的演员。

那么，艾伟德是如何萌生了要来中国的念头呢？

1925年的一个晚上，她参加教友们的一个常规聚会，偶然在一本杂志中翻看到了有关中国的一篇文章。使她大为惊讶的是，中国那么大，和整个欧洲不相上下；人口那么多，达到五万万之众，但那儿的绝大多数人，竟然不知道上帝的存在，从未听说过耶稣基督！

艾伟德大为惊讶。那一刻，她在心底升腾起一个强烈的念头：我觉得我们理当做些什么。那一年，她二十三岁，她的人生，由此发生了一个重大的转折。她的梦想，自此移情于遥远的甚至对之一无所知的中国。

开始，艾伟德还曾经鼓动过弟弟。她天真地以为，弟弟会和自己一样，会非常乐意奔赴中国。弟弟直杠杠地顶撞回来："我不去！那是老处女的工作！要去你自己去！"

"老处女"这样的字眼，刺激了艾伟德，令她不得不反躬自问。是啊，我为什么要催促别人呢？为什么不是我自己去呢？

然而，想要去中国宣教传教，事情绝不简单。

为了实现梦想，经中国内地会妇女会人员介绍，艾伟德报名参加了该会女传教士学校的学习培训。其时，艾伟德已经二十七岁。所谓中国内地会，是由杰出的英国在华传教士戴德生所创办。其时，义和团运动席卷中国，到处都是教案纷争事件。戴德生坚持信仰初衷，不放弃、不离去，筚路蓝缕创建了中国内地会。总部设在上海的中国内地会，呼吁传教士进入中国内地传教，信守不借贷、不募捐的条规，只求感动信众来获取帮助。

此后，凡来华的传教士，皆由中国内地会直接派遣。提出申请者，大都接受过大学教育，往往具备良好出身，多是饱学之士。在当时，中国内地会出现了著名的"剑桥七杰"。剑桥大学七位优秀的大学生，放弃了他们在英国的显赫家族背景与绚丽前程，一道抵达上海，随即分赴中国内地

1928年艾伟德在伦敦。

偏远省份传教。其中的司米德热情洋溢，能言善辩。20世纪初始，司米德在泽州（今晋城市）开始组织传教。传教业绩相对突出，能用中文流利讲道。传教期间，陆续在泽州建有骡马店、教堂、布道所、寄宿学校等。

如上所述，我们知道中国内地会的门槛相当高，并不是所有参加过中国内地会学校的学习者，就一定能够去做传教士。当时中国内地会，对每一位申请者都要经过极其严格的考核，而且最终每六名申请者中，才能筛选出一名合格者。直至当你踏上去往中国轮船的甲板后，才可以从内心里确信自己成为一名去中国的传教士。艾伟德初中辍学，年龄又偏大，在培训学校，艾伟德学习成绩也不理想，尤其是中文太差。事实

上，她根本没有资格参加中国内地会。

果然，接受培训三个月之后，艾伟德的要求遭到了拒绝。该校负责培训的一位白发苍苍的主任，与她进行了一番长谈，语气尽管相当婉转，结论却令她大失所望："亲爱的艾伟德，你还是彻底忘了这回事吧，你根本就不可能去中国的！"

"可是，教会说中国需要很多宣教士啊！"艾伟德着急地说。

"宣教士？是啊，是需要宣教士。可是，我们并不需要你这样的人。"

他们谈了好久。艾伟德百般请求，老主任没有任何通融的余地："我们理解你的热情，大家对你都很爱护。三个月来，我们对你在本班的情况做了彻底的也是负责任的考察。你真的不够格。你的中文太差了。要知道，对我们西方人来说，中文是世界上最复杂也最难学的一种语言。"

激情满满的艾伟德，受到了现实的严酷打击。

追索艾伟德的心路历程，当时，这位已然二十七岁的女子，已经下定决心：即便放弃爱情和家庭，也要献身上帝，奔赴她认定的途程。

一个刚刚开始建造的影像朦胧、绰约缥缈的中国梦，极其可能夭折在梦境刚刚展开的章节段落。

三

当艾伟德飞往中国的梦想之翼受到摧折、不得自由翱翔的时候，远在中国独自在阳城传教的劳森夫人，也正陷入困境，步履维艰。

当年，晋城称作泽州。大致按照明清以来的官府设置章程一州管三县，泽州本地下设泽州县之外，统辖阳城、沁水、陵川三县。这样的管理格局，一直延续到民国乃至当今。中国内地会前来山西传教，其教会组织设置便也依循了这一格局。我们前文提到的司米德，正是泽州教区的创建者和始终的负责人。

作为"剑桥七杰"之一，司米德毕业于剑桥圣三一学院，曾任学校的划船队队长。出身堪称良好，其父是著名的外科医生。1900年之后，司米德在泽州创建教会，前后共建起教堂、教室、宿舍等近二百间，还建立了一所面向教民的子弟学校。司米德生于1861年，到1930年已经年届七旬，因积劳成疾，不得不返回上海、苏州等地治疗，后不幸于次年病故。在司米德先生身染沉疴的时节，他的妻子、他的传教事业始终的忠实助手，司米德夫人，肩起重任，全面负责接管泽州教务。

说来也是无独有偶，司米德夫人要拓展下属教区的工作，她派往阳城教区的传教士，也是一位单身的女传教士劳森夫人。劳森夫人生于1857年，比司米德还要年长几岁。她是苏格兰人，个子高挑，意志坚定。二十一岁来华传教，与志同道合的劳森结为伉俪。他们唯一的孩子早夭，劳森先生也在前几年病故，但劳森夫人不改初衷，矢志传道。不顾七十高龄，毅然接受教会指派，独自一人到阳城继续开拓中国内地会所赋予的传教工作。

劳森夫人在阳城东关租下一座院落，作为教会开展活动的主要场所。这座院落，就是谭曙方一行前来参观过的那座清代建筑小四合院。

据当地老乡说，院子里曾经有人死于无常，常常闹鬼，所以租金非常便宜，每年方才一英镑。谭曙方一行看到的"耶稣堂旧院，行后巷6号"的字迹，其实是写了别字，"行后巷"，应该是"邢后巷"。

劳森夫人在行后巷6号耶稣堂院的传道工作，并不顺利。相比州府地面，这儿更属内地，人们更加趋于保守，或曰更加执着于自古而然的文化传统。

阳城，虽则偏远，但在山西属于富庶地面。出产小麦、蚕丝，人们衣食无忧。地下富藏煤铁，资源丰厚。既已物华天宝，自是人杰地灵。一地文风炽盛，历代豪俊辈出。皇城村有一代名相陈廷敬独领风骚，东关村则有前朝阁老田从典声名煊赫。某年科考，全国能够高中进士者不过三百人，小小一个阳城县，竟然有十名学子一举登科。据传说，开始放榜，先有九名举子考中，已是阖县轰动。乡绅倡议，富商捐资，在阳城县大街上高高建起了石质牌坊，牌坊上的匾额大书曰"九凤朝阳"。

谁知，有一名应考举子不服，自认为应试文字片片锦绣、字字珠玑，如何竟会落榜？定是主考官不识文字，阅卷失职。这个举子捍卫个人权益，依法呈文上告。科举是当时的重大国策，肩负为朝廷选官的大任。平民士子，唯此一途进入管理国家的官僚阶层。正是"朝为田舍郎，暮登天子堂"，所谓"少年初登第，皇都得意回。禹门三汲浪，平地一声雷"。如今，有举子告状，惊动了内阁，责成有司严查。原来，一名主考官乃是山西泽州籍贯，并非照顾同乡放宽阅卷标准，倒是生怕引起物议，反倒专意苛刻。内阁大员调来试卷审读，大为惊叹：如此文章，不予录取，岂有此理！这般人才，排除于外，实乃国家损失云云。

奏报天子知晓。而皇恩果然浩荡，御笔钦点，着此举子高高得中！

消息再次传回阳城，阳城再次大举轰动。于是，在九凤朝阳牌坊之前，竖立起了另一座更加高大的牌坊，匾额上大书曰"十凤齐鸣"。

在如此文风炽盛、传统丰厚的地方，人们不知道什么上帝，也无须欧美人的上帝来救助大家。事实上，劳森夫人包括她的前任，以及众所周知的她的后任艾伟德，始终没有在阳城建起哪怕一座教堂。他们拢共都没有发展了三位数以上的教民。

当然，我们不可否认劳森夫人等传教士坚韧的执着精神和希求普度众生的良好愿望。外国教会和传教士们不远万里来到中国，固然是要传播"上帝的福音"。这中间，当然有西方人的自以为是和唯我独尊。他们认为，上帝之光不曾普照的地方，几乎等于蛮荒之地；不曾皈依上帝耶和华的人众，属于不开化的野蛮人或者异教徒。凭着两件法宝，十字军的宝剑和传教士的福音书，他们曾经胜任愉快地征服过地球上许多地方，简直是无往而不胜。然而，在古老的东方，在五千年华夏文明未曾断裂的中国，他们遇到了最伟大的对手和最强韧的抵抗。

是啊，中国人不信仰上帝，甚至没有严格意义上的宗教，始终活得很好。他们不仅在物质上完全能够自给自足，而且在精神生活层面也完全能够自给自足。

正如西方后殖民主义时代所反思的那样："有文化的民族是不容易对付的。"中国人，哪怕是不读书不识字的农民，依赖千百年来圣人教化、化民成俗，秉持仁义道德，属于全人类最文明的种族。外国传教士来中国传教，任你自由传道。中国最普通的老百姓，并非居高临下，但却用人类文明的最高尺度来审视和评价这些外国人。

所以，当外国人的教会救死扶伤、接济孤苦的时候，当他们兴办医院和学堂的时候，中国老百姓一概不吝给予赞赏首肯。中国人不仅感性，而且理性。他们尊重眼见的事实，不会简单粗暴地给教会和传教士扣上"进行文化侵略和间谍活动"的帽子。

就此话题，我们与牛天平做过坦诚的交流。

牛天平的家族，从祖父那一代开始入教。根据他的叙述，我们推算时间，全家入教的时间大致是在1930年前后。牛天平在阳城出生，原籍却是紧邻山西泽州地面的河南林州。有一年发大水，林州被淹，一时出现大批灾民。中国政府和当地乡绅紧急救助、开办粥场之余，天主教会也参与了救灾行动。据老辈言传，一般灾民，每人每天救济粮米半升，也就是一斤。但如果有的人家愿意入教，则可每人每日得到粮米两升，相当于四斤。而且，入教家庭的适龄孩童，无论贫富男女，皆可免费入学读书。就是在这样的优惠条件吸引之下，牛家阖门入教。

我们不能说也不应该说：外国教会是在乘人之危。那样讲，不是中国人的风格，缺少温柔敦厚，只有尖酸刻薄。

事实上，牛天平几位年幼的姑姑，就是在那个遭了灾荒、活命存身尚且不可得的情况下，由于入教而得以上学读书。并且由于受到当时极为稀缺的良好教育，后来成为教授和医生。她们自身赢得天壤之别的变化之后，转而造福社会，服务于大中华的崛起和复兴。牛天平后来入了天主教会，对于教会、对于上帝，心存感念，又何足为奇。或曰，他是教民，但他骨子里是一名中国人。中国人，岂是知恩不报、忘恩负义的下贱族类？

且说劳森夫人年逾七旬，白发苍苍，来到阳城，孤身传教，事实上没有多少显见的业绩。这是她必须得面对的客观现实,与她的意志是否坚定无关。出于坚定的信念,她要光大自己丈夫开创的传教事业。考虑到自己年事已高,她屡屡请求中国内地会,希望派一个有能力的人前来,也好将传教工作进行到底。

劳森夫人没有想到,呼应她的请求最终来到阳城的,是一个根本没有取得中国内地会传教士资格的艾伟德。让她更没想到的是,正是这个艾伟德,不仅继承而且光大了她的未竟事业。日后艾伟德的名字在欧美家喻户晓,同时也让劳森夫人的名字载入了史册。

四

此时此刻,在劳森夫人的祖国,矢志到中国来传教布道的艾伟德,还远远没有取得中国内地会传教士的资格,但她的精神还是感动了培训学校的老主任。为了抚慰受到打击的艾伟德,他破例向艾伟德介绍了两位刚刚从中国大陆回国的传教士。他说:"两位老太太刚刚归国,临时需要女佣帮忙做家务。你可以去吗?你虽然不能够亲自前往中国,但我相信她们会给你讲述好多关于中国的故事。"

艾伟德抱着试试看的态度,应约前往。她的出色工作让主人非常满意,而她也如愿以偿听到了许许多多关于中国的动人故事。其中的一位老太太以自己的切身体会对她说:"相信上帝,他的眼睛始终注视着你。只要你矢志不移,上帝一定会帮你实现愿望的。"

对中国的进一步了解,使艾伟德愈加向往中国;老太太恳切的话语，使艾伟德重树信心。既然中国内地会拒绝委派，那么我自己直接听命上帝好了。她决定积攒费用，自费前往中国。

为了积攒对于一个女佣来讲不菲的高额旅费，艾伟德承接了不止一份工作。除了当女佣、做日工，她还在家政服务中心干零活。端盘子、洗餐具、擦桌子、扫垃圾，几乎夜以继日，目标只有一个，就是尽快攒够去中国的路费。

伦敦旅行社的业务人员，一位办事认真的老头，向艾伟德介绍了当时从英国到中国的两种方式：一条是走水路，乘坐海轮沿着大西洋西岸绕过非洲南端的好望角，再进入印度洋，经由马六甲海峡，最后抵达上海港，最便宜的船票也要九十英镑。另一条是陆路，乘坐火车横穿欧洲，经由西伯利亚抵达中国东北的哈尔滨，然后再转达天津，费用是四十七英镑十先令。老头听到面前这位身材低矮的女子是独自出行，竟然坚持选择陆路到中国时，惊讶地瞪大了眼睛。他推推下滑的夹鼻眼镜，在业务室后墙悬挂的一张世界地图前，指画着这条线路，一一读出沿途的国家和重要的地名。之后，老头严肃地告诉艾伟德，这条跨国铁路线是多么漫长艰难，而且中国的东北，当时的中俄边界纷争不断，一直不得安宁。中俄两国陈兵边境一带，严重对峙，剑拔弩张，战事有可能一触即发。老头加重语气："即使你持有英国护照，也没有任何人能够保证你的生命安全。"

然而，艾伟德攒钱不易。想想吧，劳森夫人全年租用整座院落，只消一个英镑；九十英镑，对一个女佣而言，几乎就是天文数字。况且，她也等不了那么久。她尽数掏出刚刚积攒的三个英镑，坚决地说："这是我的定金。请你给我留出一张到中国的车票。我将每周来这里付一次钱，直到付齐四十七英镑十先令为止。"

为了她心中不死的中国梦，艾伟德曾经在街头、广场，站在肥皂箱子上锻炼演讲；曾经为教会做义工，接触任何与中国有关的人物，寻找任何可能前往中国的机遇。

正应了那句话："机会留给有准备的人。"还有一句更著名的话："上帝救助那些自助者。"

艾伟德在教友中渐渐具有了知名度。许多人都知道有个未婚的小个子妇人，一心要去中国传教，简直到了痴迷的程度。伦敦的杨赫斯本爵士夫妇，需要一名司客侍女。经热心教友的介绍，艾伟德顺利获得了那个职位。爵士一家住在高级住宅区，付出的工资相对较高，这加快了艾伟德积攒车票钱的速度。更重要的是，杨赫斯本家中有许多珍贵的藏书，本人是知名作家，撰写过不少有关东方的书。在工作间隙，通过大量阅读，艾伟德关于中国的知识更加丰富起来。

时间这盘磨，往往会粉碎沙砾，但也常常砥砺了宝剑。

艾伟德精心准备，全力塑造自我。

万事俱备，只欠东风。用他们的话来说，虔诚的信者，只欠上帝的一次眷顾。

就在杨赫斯本爵士夫妇的圈子里，一次普通的聚会上，艾伟德得知了那条对她来说足以决定命运的消息：七十三岁的传教士劳森夫人，希望能够找到一个合适的人去协助她工作。艾伟德如闻天籁，一时张口结舌。往下，她也只能不停地重复："这个人就是我，就是我！"

她立即写信与劳森夫人取得联系，表明了自己的迫切愿望。

1930年10月18日，一个星期六的早晨，艾伟德从英国利物浦火车站

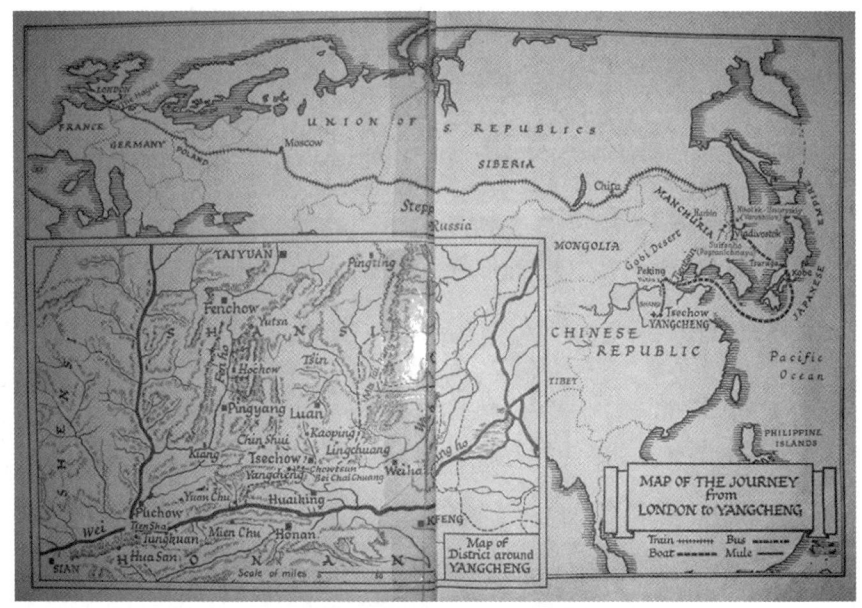

《小妇人》一书扉页上的艾伟德从伦敦到阳城的路线图。

出发，终于开启了她的远赴中国之旅。她随身带了两个箱子，一个箱子里装着她的衣物，另一个里是简单的食物。这位孤独的旅行者，口袋里仅有几个便士的零花钱，还有一张小心缝制在内衣里的两英镑旅行支票。如果护照、火车票是她在此次旅途中的通行证，一本沉甸甸的《圣经》，则是她伴随一生的信仰。

国际列车沿途经由荷兰海牙、德国柏林、波兰华沙、苏联莫斯科，然后行驶在广阔浩瀚的西伯利亚。当列车终于抵达中苏边境，突发的战事阻断了她的行程。苏联继承了沙俄对中国东北铁路的控制权，此时东北易帜归附南京民国政府的张学良，则要强硬收回本属中国的权益。伦敦旅行社那个老头的预言，不幸真个应验了。艾伟德不得已，只能去往苏联远东港口海参崴。要想去往中国，只能乘船转道日本。

长话短说。几经周折，艾伟德最终从日本神户乘船到达中国天津。

她的整个行程，跨越一万多公里，耗时将近一个月。一路惊险，堪称险象环生。多年之后，诸多记者作家将艾伟德这一段惊险旅程，写成了长篇故事，其间有露宿荒野雪地、遭遇抓捕审讯、险被苏联坏蛋官员奸污、深夜逃亡遇救等惊险章节。如今读来，仍然极富传奇色彩。在那传奇的叙述中，艾伟德总是能够遇到好人，使得她每每绝处逢生。西方作者难免将其归结为上帝的照拂，莫如说那是人心和信念的胜利。即便在苏联，即便在军国主义抬头的日本，人们的善念没有被彻底吞噬。准备在人间行善的人，得到了人间善念的呵护。

当艾伟德踏上中国的土地，尽管语言不通、肤色有异，她即刻感受到了这个国度这方土地上人们的善意。在许多西方的乃至东方人自己所写的书籍中，中国"积贫积弱""愚昧落后""一盘散沙""东亚病夫"，种种贬斥不屑之词不一而足，但艾伟德恰恰有一种回家的感觉。天津教友会热情地接待了她，并且拜托一位山西籍的商人一路陪伴，护送这个矮小的女子直达目的地。中国，表面上一派乱象，但在乱象背后，是一个深广的文明渊薮。

艾伟德的目的地是山西省晋东南的边远小县阳城。在天津稍做休整，她又搭乘火车路经北平，尔后转乘长途汽车，包括骑乘骡马、住简陋客栈、睡中式大炕，最终到达了泽州。

在这里，她受到了司米德夫人的热情款待。艾伟德宾至如归，倍感温馨。

她终于来到了寤寐求之的中国，即将到一个叫作阳城的地方，去开始实现自己的梦想。

这位矮小的英国小妇人心中激情腾跃："中国，我来了；阳城，我来了！"

五

在泽州几日停留，司米德夫人给了她许多宝贵的建议。面对一个热情高涨而对中国一无所知的年轻女子，司米德夫人仿佛看到了自己的当年。她善意委婉地提醒艾伟德，这里是中国而不是英国。你要开始学说中国话，学说当地的方言；你应该改换服装，脱去这另类的红色长袍，换上中国式的蓝布褂子和抿裆裤子。你要向他们传道，首先要了解他们，而要了解他们，你必须和他们打成一片。

艾伟德囫囵吞枣一般记住了这些叮嘱，急切地登上了奔赴阳城的旅途。

数千年的农耕文明，在中华大地上托举起了数不清的城市。三里之城，七里之郭，星罗棋布。城市之间，自古有所谓官道，那是政府管理一个国家必有的交通设施。

从泽州到阳城，当然也有官道。但由于地处山区，难免翻山越岭。百十里途程，艾伟德只得骑着骡子代步。急切的期待和不停的颠簸，艾伟德后来几分幽默地说到过自己当时的心情："我在想，恐怕我会被颠簸得四肢零散而死在路上，可是当我抵达阳城，发现自己竟然四肢完好一如常人。"

骡子不紧不慢扭动身躯，赶脚的骡夫从容谈笑，仿佛大山那样自古

第二章 六福客栈

如此。

经过两天跋涉,傍晚时分,大路转过一个山脚,骡夫指着前面说:"阳城。"

阳城,依山而建,河流环绕。高耸的城墙四周围拢,城楼堞楼错落有致。在夕阳的逆光里,在艾伟德眼中,阳城俨然一座异国情调的城堡。

所谓城关,东门外便是东关。离城门不远,抬头可见巍峨坚厚的城墙,在那座耶稣堂院,艾伟德见到了白发苍苍的劳森夫人。

劳森夫人垂暮之年,终于等到了她的助手与继任者;艾伟德意气风发,也终于见到了提携她践行传教理想的开拓者和指引人。

劳森夫人来到阳城,其实才有短短半年左右。依仗着在中国传教半个多世纪的修炼,这位干练的老夫人,已经打开了相当的传教局面。租下了院子,雇用了厨师杂役,耶稣堂院有教友出没。当然,创业之初,困难与挑战无所不在。

艾伟德干过家政女佣,而且是来阳城工作的,自然不会以远客自居,像郊游归来的主人,即刻开始整理打扫。劳森夫人看在眼里,满心喜悦:"孺子可教!"

劳森夫人原本直言快语,甚

艾伟德与劳森夫人在阳城。

至天生几分严峻，便也毫无委蛇客套，当下给艾伟德许多指令："你要立刻开始学说中国话，从现在就开始；你要随厨师老杨经常上街走动，熟悉四邻和县城的街市以及风土人情。"

初来乍到，艾伟德即刻遇到了任何外来者必然碰到的诸多不便与尴尬、不解和难堪。

在街边，她遭到淘气孩子甚至是半桩后生县城街痞子的捣乱。有人对她扔土块，指指画画叫她是"洋鬼子"。艾伟德非常委屈，回到住处向劳森夫人哭诉。劳森夫人笑着说："我的个子比你更高大，我身上挨过的土块比你多得多。艾伟德，你要强韧，你必须学会忍耐。一段时间，只要一段时间，你会好起来的。比方我，现在有谁会对我扔土块呢。"

艾伟德甚至见到了一次对死囚犯的行刑场面。就在一处空场上，行刑者竟然用铡刀铡下犯人的头颅！

老杨看稀罕似的站在人堆里，伸长脖颈观看；艾伟德惊惧万分，几乎是逃回了耶稣堂院。劳森夫人叹口气道："艾伟德，你太脆弱了！在我们西方，不也曾经是使用断头台来处决死囚犯的吗？杀人偿命，欠债还钱，哪儿的法律都离不开惩罚手段。让我们关心那些真正的弱者和无辜的人，让我们去教导人们遵守法律、为德行善吧！你这样大哭一场没有用。与其如此，你在伦敦的家里号啕好啦！"

劳森夫人受到几十年中国文化的浸淫，精心考虑，与信众反复斟酌，甚至与司米德夫人做了沟通，还给艾伟德取了一个中国名字。根据艾伟德的英文姓氏 Aylward，翻译成中文发音相似又寓意爱心伟大、品德高洁的三个汉字——"艾伟德"。三个单音节汉字，连缀起来音韵美妙，意境高远。

这个名字仿佛是上帝赐予她的一样，美好、贴切，一经叫出，便如灵魂附体。艾伟德从此"名正言顺"，最终"实至名归"。

随着时间的推移，艾伟德渐渐熟悉了东关，也渐渐适应了本地生活。她努力讲着磕磕绊绊的当地方言阳城话，和邻居路人交流。她会自豪地指着自己介绍："我的名字叫艾伟德。"

不说当年阳城县的城里，自是人烟辐辏，市场繁荣，店铺林立，商旅云集，便是东关村，也是那样自成格局，适居宜人。

高耸的城墙外，隔着一条小河，就是东关村。河水清澈，终年不涸；精致的石拱桥横跨东西，果然"小桥流水人家"。村街横平竖直，曲径通幽。一座座典雅的四合院，排列有序，鳞次栉比。民居皆是二层小楼，一色青砖卧地，顶上脊兽蹲伏。耶稣堂院东边，是著名的田阁老家族的豪宅；气度俨然，格局宏敞。靠北高地上，关帝庙香火不绝。钟磬悠然，善男信女在祈祷还愿。

艾伟德不禁疑惑：这儿的人们不知道上帝，他们照样有精神生活，而且活得那样从容。这到底是为什么呢？

比起周边院落，倒是耶稣堂院不那么煊赫突出，传教士的日常生活也并不轻松，乃至有几分拮据。

我们知道，艾伟德不是中国内地会的正式传教士，没有薪金，浑身没有了一分存款。劳森夫人的工资与积蓄，先前仅够日常开销，如今添人加口，渐渐入不敷出。何况，雄心勃勃的劳森夫人，为了拓展传教事业，注目于将来，刚刚又租下了耶稣堂院前头的一处破败院落。打整修缮，都需要钱。

劳森夫人作为当家人，开始动脑筋想办法。坐吃山空，莫说传教，便是坚守维持恐怕都有困难。

或曰，机会都是找到的，一番事业往往都是形势逼出来的。

阳城，原本物产丰富，向有煤铁、丝绸、瓷器等物产行销外地。纵贯山西东部沿着太行山的西侧南下的沁河，正是从阳城离开山西，南下注入黄河。沁河航运发达，阳城自古便是晋东南商旅往来的"水旱码头"。地处东关，四季不断，几乎天天都有骡队从泽州方向迤逦前来。而东关当地人把握商机，不仅经营饭铺小吃摊，更有多家客栈应运而生。

劳森夫人突发奇想，简直是灵光一现：刚刚租下的大院，何不开办一家客栈？既能解决资金短缺的问题，而且同时也能扩大宣传福音。一举两得，一箭双雕。艾伟德和厨师老杨当即一致赞同。

劳森夫人不愧来华五十余年，犹如给艾伟德取名一样，给她们即将开办的客栈取名为八福客栈。

所谓"八福"，源自《圣经》里耶稣的《登山宝训》：虚心的人、哀痛的人、温柔的人、饥渴的人、慕义的人、清心的人、使人和睦的人、为义受逼迫的人，这八种人"有福了，因为天国是他们的"。

据称，劳森夫人还为"八福"想好了对应的中文词语，以传达原文的美好寓意。这八个词语是——博爱、美德、谦逊、忍耐、忠诚、诚实、美好、奉献。

——当然，多年之后，20世纪福克斯电影公司在电影中，将其改名为六福客栈。这个崭新的名堂，随即响遍了全世界。八福客栈，湮没无闻。换言之，劳森夫人开创、艾伟德苦心经营过的客栈，因这一更名而赢得了永恒。

且说客栈取好名堂，即刻请人书写招牌，精工雕刻，黑底金字，醒目堂皇。按照中国店铺字号的规矩，在当地商会注册，尔后选择吉日，宴请当地头面和业内同仁，大张旗鼓鸣放鞭炮庆贺开业。

也是万事开头难。客栈开业之后，尽管招牌堂皇、名头口彩吉祥，但毕竟是刚开张，没有什么客源。骡队和大车把式本地情况熟络，一般来到东关，都有固定客栈落脚。新开的客栈，不知行情，而且是两个外国女人洋婆娘打理，一时门庭冷落。

给劳森夫人煮饭的老杨，原来是个厨师全把式。此时涨了工钱，拿出看家本领，自然是饭菜飘香。没人前来食用，也是焦急。好在老杨出身本地乡土，见多识广，主动出面，越俎代庖，也能拉得一些客人进店。积极想要出力卖劲的艾伟德，反倒无所事事的样子。而且，老杨负责做饭，势不能总是站在街口拉客。性情急躁的劳森夫人不暇细细分说，着意要磨炼艾伟德，几乎是命令式地督促她："艾伟德，你，我说的是你！你负责把骡队带进院子里来！"

看见艾伟德为难的样子，老杨教她些话语，主动陪着她去村边路口迎接骡队。

按照老杨所说，艾伟德用几分生硬的阳城话，高声招徕客人："咱们客栈，没有虼蚤（跳蚤）、没有壁虱（臭虫），住的干净、吃的香甜！价钱公道，还给牲口准备草料！"

骡夫赶脚汉们，当下另眼相看这个外国女子。老杨也和熟人们连连打着招呼，问长问短。

还是听了老杨的，艾伟德上去牵住领头的骡子，不由分说拉进客栈，拴向槽头。于是，整个骡队随之跟进。骡夫头儿看看客栈院落，倒也宽敞。牲口棚下，草料充足。探头瞧瞧客房，果然整洁亮堂。被单枕巾，飘散着用"洋胰子"洗过的香味。

骡夫头儿点点头，说："好！就是这家客栈啦！"

老杨在厨房，已是炒瓢叮当；艾伟德摇动辘轳，打上了饮牲口的井水。

那骡夫头儿善意地笑笑，道："洋女子，饮牲口，井水要提前打上来。牲口们走得热燥，新打的井水太凉！你记住啦？"

劳森夫人看着这一幕，不苟言笑的老太太脸上也泛出了笑纹。

六福客栈，一时客源满满，生意兴隆。

和骡夫们混熟了，当大家伙儿吃饱歇好，人人燃起一杆烟锅子的时候，专门练习过演讲的艾伟德，开始给大家免费讲故事。当然，还是听了老杨的建议，她把"上帝"翻译成了中国老百姓熟知的寻常挂在口头的"老天爷"。

听得回数多了，骡夫赶脚汉子都知道外国的老天爷叫个耶和华，他的儿子名叫耶稣……

六

为了对六福客栈进一步加深了解，我们曾多次驱车奔赴阳城。除了可以搜寻到的书面记载，我们希冀能够挖掘到第一手材料，最好还能找到当年曾经亲眼见过六福客栈和艾伟德的目击者。

由于官方运作程序相对复杂，有关干部又难免频繁调动，"人亡政息"的情形多有,查尔斯重建六福客栈的方案被无限期搁置。但在阳城民间,应该说关注这一话题的热情始终不减。在阳城县城,我们还真有幸得识两位见过艾伟德的耄耋老人。

一位是出生于1929年的璩鸿琪老人。璩鸿琪患有腿疾,行动略有不便,但记忆力相当好,十分健谈。老人的叙述引领我们进入了他童年记忆的那个时空:

> 20世纪30年代,我们家在阳城城里东街的璩家院。出了城墙东门,过了小桥,往北一拐就是东关城后巷,我奶奶的娘家在城后巷。小时候我奶奶常常带了我上那里串亲戚。日本人打阳城的前一年,1937年,那一年我九岁。有一天,我一个人在城后巷转着玩耍,无意间走进了一个小胡同,就在右手边看到有座高台阶小院子。我进了门洞,看到了那座特殊的院子。那时候别人家房子的窗户上都是糊着白纸,而这座院子堂房窗户上镶着明亮的玻璃。老百姓家门上都是铁环环,而这院子里房门上是圆圆的亮亮的铜把手。我很好奇,上至堂屋台阶门边,握了铜把手玩,没想到把手还可以转,我就不停地转着把手玩。不一会儿,一个洋女人出来了,年龄是中年人吧。黄头发、蓝眼睛,高高的鼻子,穿的不是裤子,是很好看的旗袍。她微笑着用手在我头上轻轻拍了几下,用阳城本地话对我说:"你好!"而后又说:"你好好耍吧。"说完,她就走了。我当时还很奇怪,她说的是我们阳城话,说得也地道,就和我们本地人说话的口音一样。

我耍了一会儿，从院子里出来，门对面有围墙，听到围墙里面有孩子的声音。我就顺着那围墙往右拐，转了出来。往南走，出了巷子，有一条小河，就是后小河；河边有一条小路，在路边有一座大门院。大门，是个栏栅门。就是有横竖栏栅木条的门，能够通过大门看到院子里。离大门不远有眼井，有一架辘轳。还看到好多孩子，大多比我大一些。他们玩铁环，踢毽子，跳跳绳；有男孩，有女孩，叽叽喳喳，很高兴。那些孩子我之前都没有见过。

回家后问我奶奶，那座大院子里的孩子都是谁家的？他们在干什么？奶奶告我说，下面那座小院是耶稣堂院，外国传教的人住在那里面。那座大院子，就是有好多小孩玩的院子，是人家外国人开的客栈。客栈专门接待路过阳城的人，那些住不起大店的人就住那里，收钱也不多。说我看到的那些孩子是外国人收养的孤儿。我记得很清楚，我奶奶说，那是外国人行善做好事哩！还说，那个洋女人与周围邻居平时交往挺多的，处得关系很不错。

其实，当时的璩鸿琪也不知道他在耶稣堂院遇到的那个女洋人叫什么名字，那座大院子大门上头写了什么名称。事隔六十八年，他在看了《寻找六福客栈》后，老人童年的那段清晰记忆方才闪电般跳跃出来，方才知道报纸上说的艾伟德，就是他曾经在耶稣堂院见过的那个女洋人。

还有一位老人叫武子仁，1930年生人。武子仁出生那年，艾伟德来的阳城。在他读小学大致记事的时候，到了七七事变中国全面抗战开始

的年头。武子仁回忆道:

> 六福客栈离我们学校很近,城上城下,也就几十米远。当时的城墙没有北门,我在城里上小学时,星期天经常出东门,跑到六福客栈去玩耍,主要是去看外国人。那个洋女人当时也就三十多岁,就是艾伟德,黄头发,高鼻子,蓝眼睛。六福客栈里有小孩,有贫困老人。客栈的堂房窗户上是玻璃,这与我们当地家里的窗户不一样。我有时候也能听到艾伟德在院子里唤小孩的名字,不是很地道,但是我能听懂。听父亲说,她是传教士,信耶稣,阳城人也有的加入了他们的教会。

老人童年的记忆犹如晨星,清晰高远。听闻转述,仿佛穿越了时空。历史沧桑感油然而生,但又有一缕温馨沁人心脾。

六福客栈与艾伟德故居原貌。

如今的阳城，包括城市扩建波及的东关村，昔日旧街小巷破落衰败，淹没在零乱、呆板的当代建筑群中。六福客栈的遗址，已被覆盖得无影无踪。唯剩了艾伟德曾经居住的耶稣堂院，目前受到东关村村级政权的保护，勉为其难得以存身。

璩鸿琪擅长工笔画。近年，璩鸿琪凭据记忆，绘制出了他童年印象中的阳城全貌图。城里的县衙、书院、文峰塔、魁星楼，包括九凤朝阳、十凤齐鸣牌坊，应有尽有。在这幅画作长卷里，当年东关村的主要建筑物一一在册。有关帝庙、阁老院，当然也有他珍贵记忆中的耶稣堂院和六福客栈。

六福客栈留在了阳城人的记忆中，这记忆将能永存，或许这才更为弥足珍贵。

第三章　老杨、九毛与县长

一

艾伟德1940年离开阳城，带领百余名孤儿去往西安。从那以后，艾伟德再也没有回过阳城。如此算来，这位异国女子，在中国阳城待了整整十年。那是她来中国的最初十年，那是她生命中极其重要的十年，那是建立了她享誉世界的辉煌人道主义业绩的十年。

郑州大学西亚斯国际学院的那十五位美国教师，首次赴阳城寻访六福客栈，时在2004年10月16日。由此往前推算，距艾伟德在阳城的那段岁月已有六十多年。

此前，在中国、在阳城，人们不知道艾伟德。令人惊叹的伟大历史片段被屏蔽了。然而，当神奇的造物主一瞬间掀开历史的尘封，犹如天眼重开，真相破土而出，立即大白于天下。人们受到强烈的震撼，至少在民间、网络上，冲击波充斥回荡，大有方兴未艾，迅雷不及掩耳之势。

相比而言，来自美国的外教们，熟知艾伟德的传奇事迹，他们的阳城之旅，属于另一种情形。

对他们而言，那绝不是一次寻常的旅游观光。

这些外教大都来自美国的大都市，他们在中国工作的郑州大学西亚斯国际学院，其环境设施在国内大学属于一流。莫说外教住宅，便是学生公寓，也规格够高。学生宿舍均为双居室设置，一间为起居室，一间为学习间。卫生间每天定时供应热水。学校定期组织外教出去旅游，他们自己也往往在假期自行外出，洛阳龙门石窟、西安兵马俑、上海、北京、香港、泰国，都曾光顾。

阳城，犹如现代化进程中的许多北方县城一样，在浩浩荡荡的造城运动中，大多呈现某种无序的格局。缺少整体规划，新兴建筑构成的风貌，千篇一律。城市建筑曾经承载的古老文明和地域特色，几乎荡然无存。

相比之下，残存的古建筑，还多少蕴含历史信息，透着古典的韵致。六福客栈，其遗址只是一座普通不过的北方农家废弃荒院，而艾伟德曾经居住的那座耶稣堂院行后巷6号，也已经破败如危房。大煞风景的是，院内两间房屋的外壁，水泥抹墙，与老院整体风格大相径庭。

但外教们对这儿的一切都那样痴迷，他们兴致勃勃奔赴阳城，当然不是为了所谓"阳城新貌"而来，也不是为着少数古建筑的"历史韵味"而来。他们是为着六福客栈而来，为着艾伟德的传奇而来，为着一种精神层面的敬仰而来。

艾伟德来过阳城，她在这儿传播上帝的福音，她救助过中国的孤儿，艾伟德是多么伟大啊！

假如事情到此为止，他们经历了一次朝圣之旅，受到了一次精神洗礼，因之非常感奋与激动，仅此而已。

他们未曾深想：恰恰是在艾伟德还远远没有成为"艾伟德传奇"的时候，艾伟德来到了阳城。她在阳城待了十年，逐渐深深地爱上了阳城，她在阳城提出了加入中国国籍的要求。从此，艾伟德认为自己是一名中国人，并以此为自豪。这一切，到底是为什么？这一切，到底是怎样发生的呢？

艾伟德是一个天生的圣贤吗？如果不是，那么艾伟德一定有一个成长的过程。艾伟德在阳城待了整整十年，中肯地评价，籍籍无名的艾伟德是在阳城获得了她的成长，方才最终成为伟大的艾伟德。

艾伟德前来中国传教布道，仅仅是一种单方面的居高临下的"文化给予"吗？理性地认识，传教布道的过程中一定有着文化的互动。西方传教士包括艾伟德，对中华文明没有任何感知，不曾受到中华文明的任何滋养，是说不过去的。否则，艾伟德不会爱上阳城、爱上中国，不会要求加入中国国籍，不会从此自称是一名中国人。

后来发生的情况，多少有点出乎谭曙方的预料，其中最突出的例证，便是那位查尔斯教授。

事实证明，查尔斯想到了问题的深处。他理解了艾伟德，所以，他在八旬高龄，立志要追随艾伟德。

我们前面说过，查尔斯决心要在阳城重建六福客栈，并且要在美国发起宣传攻势，以便有更多的美国人前往阳城瞻仰那处圣地。为了他的雄心勃勃的计划，查尔斯毅然放弃了在山东交通大学的教职，回到美国。

谁知，人算不如天算，重建六福客栈的方案被无限期搁置。谭曙方和范忠胜为之上上下下做过若干协调工作。如前所述，中国官场的事情,有中国式的症结。一句话,叫作"你懂得",其实好多人永远都不会懂得。范忠胜连连叹惋,谭曙方徒唤奈何。

查尔斯遭此挫折,恐怕也只好歇心了。一个美国人,白发苍苍,想来中国干一番大事,缺少了中方奥援,谈何容易?即便尚有雄心,"凭谁问,廉颇老矣,尚能饭否?"

不料,这位强韧的美国人,这位在中国参加过二战的老军人,初心不死、雄心不改、信心不灭。他将另辟蹊径,实现一个全新的梦想。

自归国之后,查尔斯始终与谭曙方保持着频繁的电子邮件联系。2005年的一天,他给谭曙方发来了一封电子邮件。附件里有不少照片,其中,有他站在艾伟德故居小院二楼木质阳台上向下微笑的;有在小院门口双手握着卫大嫂的手合影的——这些,或许是他的阳城之行最珍贵的纪念吧。

其中有一张,他提请谭曙方格外注意。这是谭曙方一行在阳城县政

2004年10月,到阳城寻访六福客栈的部分美国教师。

第三章 老杨、九毛与县长

府宾馆西楼前,与当时陪同接待的十多位中方人士的合影。查尔斯给所有合影人员,全都编了号码;依照号码次序,逐一写出了这些人的名字与身份。其中,中方人员的名字与身份,请谭曙方帮着确认,以免有误。

那次,他们只在阳城逗留了短短两天。从这张照片的细节所透露的信息推测,查尔斯的事后案头工作非常细致严谨,谭曙方心想:莫非查尔斯要写一本书不成?

日后的事实,证实了谭曙方的推测。过了将近一年,查尔斯将一篇《寻找上帝的作品》的长文,发给了谭曙方。在文章末尾有一小段,披露了他全新的梦想。本段文字,加有小标题:我的信仰。

查尔斯写道:

我想与你们分享一个我在1944年7月一个晚上的梦想。我说我将做一个传教士,我想去中国。也就是六十年前,我真的到了那里。这到底是怎么回事呢?在我的新书《我的故事和基督教的故事——在一个遥远国家的信仰旅行》里有全部的答案。

我一再被家人和朋友们鼓励忘记中国,他们说,你做的已经足够多了,坐享夏威夷的美丽吧,你年龄太大了(我认为这是莎拉对亚伯拉罕说的)。我必须说,这个建议在每一天听起来都是美好的。可当我上周收到一位中国朋友谭曙方的电子邮件后,我想如果不是如今这样的话,我是否会活得更有意义。

现在,下面的这张照片又在召唤着我去中国。这张照片中

> 缺少的是镜头背后的人——谭曙方，如今他在中国一所中美合作的大学里思考着中美教育合作。看着这张照片，我在惊讶，在我的想象中我从来没有认为这会成为可能（他指的是在阳城寻访艾伟德的踪迹——笔者注）。当我看到这张照片时，我的信心上升为信仰的实质。我敬畏的上帝告诉我接下来会做什么。我相信保罗的信念，他写了这些话："神能成就一切，超过我们所求，成全我们。"现在想想，我在写这篇文章时，一切都与以往不同。下一步要做什么呢？基督来到这个世界是来寻找和拯救丧失的，他没有改变。他和昨天一样，直到今天和永远。

从查尔斯的邮件中，谭曙方读出了惊人的信息。当下感慨万端，钦佩之情油然而生。

首先，查尔斯不仅是"要写一本书"，而是已经写成并出版了一本书！其次，他写书的初衷旨在向世人昭告：他要来中国，他要来阳城，他要追随那位先贤圣者，献身艾伟德终身矢志不移的事业。

艾伟德自1949年离开中国大陆，再也没能回到阳城。阳城，早已成为她的第二故乡。在这里，她坚决要求加入了中国国籍，从那之后，她认定自己是一名中国人。不被允许进入中国，不能回到她梦魂萦绕的阳城，步入晚年的艾伟德仿佛魂不守舍，日夜念叨这个地方，念叨她在这儿经历的一切。她的自言自语，说的是中国话，而且是阳城方言的中国话。后来，她在中国台湾继续她的慈善救助事业，直到积劳成疾而去世。遵照她的遗嘱，她的头颅朝向中国大陆，朝向阳城。

如今，六十多年过去，一个甲子轮回，人间换了新天。查尔斯，一位在中国参加过二战的美国飞行员，一位已经八十岁的老人，决心追随艾伟德，心系阳城，不离不弃；一派赤诚，不死不灭。

面对这样的事实，这时有人还要说这就叫"文化侵略"，说话的人他自己就知道这是撒谎。

而简单地认定，他们信奉天主，是要行好积善，为的是日后进入天国，这样的认定也十足的概念化而苍白。

草原游牧文明与华夏农耕文明的碰撞交融，在中国数千年的历史上书写了最为激越壮丽的篇章。西方文明随着传教士筚路蓝缕的传教东来，随着坚船利炮而来，面临这一场亘古未有之大变局，东西方文明的碰撞与交融、搏战与互动，方兴未艾。其复杂程度，非短短几句话能够说清。

让我们还是看看他们自己是怎么说的吧。

查尔斯发给谭曙方的众多电子邮件中，有这样一段话：

你在美国很难找到一个从来没有见过基督徒的人。而在中国，在阳城朝圣，你却每天都会遇到那些从来没见过基督徒的人。在阳城，我结识了精彩的中国人。是的，你永远不会知道中国人多么美妙，直到你经历过与他们一对一的交往。你有没有想过：那些第一世纪的罪人，遇见一个基督徒？

——重新仔细审视查尔斯的邮件，在这段话的字里行间，我们读出了发人深思的内涵和启人感悟的意味。

查尔斯分明在说：是啊，在第一世纪，基督教刚刚兴起。但在那个时候，中国早已是一个文明的国度。中国人的道德自律、文明程度，早已达到了基督徒的水准。作为一名标准的基督徒，查尔斯在他的内心虔诚地认为，中国人是美妙的，而且是精彩的。

中华文明古老厚重，圣人化民成俗，仁义道德早已内化为中国人的宗教自律。他们不是基督徒，但他们血脉中的文明养成，值得欧洲的文明的基督徒发自内心地由衷钦慕。

19世纪初，德国文豪歌德在谈到一部中国的文学作品时，曾经这样说道："中国有成千上万这样的作品。产生这些作品的时候，我们的祖先还生活在森林里。"

艾伟德加入中国国籍，到老认定自己是一名中国人。她在阳城的十年，正处在中华民国的"黄金十年"时段。她一定真正接触到了当地无数的中国人——那些具备民国风范的美妙的和精彩的中国人。通过这些中国人，艾伟德终于探知了华夏文明的底蕴。从此，趋之若鹜，心向往之。

二

电影《六福客栈》对于宣传艾伟德其人其事，起到了无与伦比的作用。但这部电影，有若干艺术的加工和合理想象，还有一些虚构的情节。比如，关于爱情故事的设置，艾伟德本人对之颇有微词。事实上，艾伟德一生没有与任何男人接过吻。当然，电影的艺术加工与情节虚构，丝毫没有减损艾韦德的光辉形象。

第三章 老杨、九毛与县长

同样地，伯格斯所撰写的《小妇人》一书，称作传记文学。对于艾伟德的口述史实，《小妇人》的撰写不仅有必然的重新结构安排和材料剪裁，而且有若干合理的艺术想象。

艾伟德不是天生的圣贤，"英雄成长的故事"同样发生在她的身上。艾伟德在中国阳城的所作所为，包括她的成长，一定离不开当时所处的具体环境，也离不开与当时的中国人的具体接触。

恰恰是在这两个方面，无论是电影编剧还是传记作家，遇到了巨大的障碍。首先，《小妇人》成书的年代、电影《六福客栈》拍摄的年代，东西方处于冷战状态。作家与编剧无法进入中国，他们无法亲见艾伟德当年所处的具体环境，也无法接触到与艾伟德朝夕相处过的那些中国人。其次，还有东西方文化的隔膜。他们只能站在自身的文化立场来表述与解读艾伟德其人其事。他们的艺术加工和艺术想象，因之出现了某些显见的不足与缺失。

毫无疑问，由于年代相隔久远，阳城的具体环境发生了巨大的变化，当年与艾伟德接触过的中国人也已多数作古。如今，由我们来重新表述与解读艾伟德其人其事，同样遇到了困难。

我们的重新表述与解读，也不得不借助适当与合理的艺术想象。

基于我们对阳城的了解，基于我们对中国文化的了解，基于我们对国人传统生活的了解，希望我们的艺术想象，能够更加靠拢历史的真实，更加逼近生活的真实，最终更加具备艺术的真实。

老杨、九毛与县长，应该是艾伟德当年在阳城结识、交往过的三个最重要的中国人。他们对艾伟德的影响至关重要。

我们先来说说厨师老杨。

厨师老杨，在有关艾伟德的传奇著作中，时隐时现。艾伟德的自述，经由他人书写，老杨，仅仅剩下一个厨师身份和姓氏。与艾伟德在中国大陆被屏蔽几乎是异曲同工，老杨在西方人的叙事中，被严重淡出。

从劳森夫人雇用老杨算起，到艾伟德离开阳城护送孤儿们上路，老杨和艾伟德相处了整整十年。他是一个厨师，俗称做饭的。做了饭食，供人们来吃。吃，吃东西，吃什么、怎么吃，对于中国人有着绝不平凡的意义。吃饭，不仅是为了活着；家人一起用餐，在中国也是一项富含礼仪的活动。烹饪，成为中国享誉世界的文化。老杨身为厨师，能获得外国人的常年雇用，他的厨艺毋庸置疑。而且，老杨属于那种大户人家的专用厨师。他就住在六福客栈，不仅操持两个外国人的一日三餐，还负责给前来客栈住宿的客人煮饭烧菜。除此之外，至少他还兼任了几项额外的工作。一项，他应该是耶稣堂和六福客栈与外界交往的翻译和中间协调人；一项，他无疑又是两个外国女人经营客栈的主要助手。

客栈，如何到商会注册，怎样开张经营；蔬菜肉类包括粮食饲料通过什么渠道进货采买，怎样讲价、如何结算；有人赊欠，是否可以？遇到麻烦纠缠，外国人沟通困难，又当如何出面调停？桩桩件件，几乎事无巨细，艾伟德离不开老杨。

还有，艾伟德后来能够说一口相对流利的阳城话，能够认识书写简单的汉字，她是跟谁学的？毫无疑问，老杨是她最重要的老师。中国的人情世故、阳城当地的风俗人情，在艾伟德的眼中，老杨天然地属于那种"百事通"。可以说，艾伟德是在跟老杨学习中国话的漫长过程中，渐渐多少了解了中国文化。语言，哪里仅仅是发音表意那点最显见的外在功能。

当然，艾伟德也是可教之才。从厨房到马棚，艾伟德追着老杨询问生词；从蔬菜瓜果到锅碗瓢盆，

电影《六福客栈》中的艾伟德与老杨。

艾伟德死记硬背；她夜以继日，坚持在小本本上记录词汇、标注读音；行走坐卧，反复念叨，疯魔了一般。

初学有成，艾伟德便勇敢地为骡夫住客开讲圣经故事，而老杨，忠实地为她助阵，把控场面。

老杨隆重介绍："这是英国来的艾伟德教士。教士，差不多就是咱们的教书先生！"

一贯尊师重教的中国人，听到"先生"二字，无不肃然起敬。

所谓评书《三国演义》好听，记不住人名。陌生的外国圣经故事，骡夫们乍然听来，哪里知道谁是谁？故事告一段落，大家一时发怔。老杨会及时呼应："哈哈，外国人的名字，谁听见都拗口。记不住，不怕！反正是教人们行好积善哩！好人好报嘛。做好事，才能上了天堂哩！"

骡夫们即刻有了反应：

"可不！好人进天堂，赖人下地狱嘛。"

"对对的！中国外国都一样。善有善报，恶有恶报！"

每次,老杨都要端来一管箩旱烟,供骡夫们免费抽吸。六福客栈,"外国先生给客人们说书道古,还请大伙儿白抽旱烟",这样的消息不胫而走,沿着官道、骡道,四下传扬。

艾伟德的演讲喜好与能力,恰恰是在中国、在阳城,得以展示和体现。她获得了从未有过的成就感。自己是不是在册的传教士,又有什么关系?

艾伟德的中文会话能力,大有后来居上超越劳森夫人的趋势,劳森夫人为此非常高兴。老夫人需要一个帮手,艾伟德简直就是上帝派来的最好的帮手。矮矮的艾伟德身上,不知蕴藏了多大的能量。她整日几乎都在忙碌。清晨,她要打扫客栈院落,给骡夫们准备洗漱用水,招呼大家用餐,还要负责结账;白天,她得换洗卧具床单,擦拭栈房玻璃,帮老杨采买,包括择菜刷碗;快到傍晚,要到村口招徕客人,和其他客栈争夺客源;晚餐过后,则是开始雷打不动的宣传福音故事讲座。得空,还要陪劳森夫人散步。十天半月,需要和泽州教会的司米德夫人联系,自然也是艾伟德来回奔波。

但一老一小两个女人相处达于和谐,毕竟需要一个艰苦的过程。

劳森夫人已然年迈,老气横秋,还是寡妇,脾性愈加固执。艾伟德初来乍到,没有正式传教资格,是个没嫁过人的老姑娘,极其敏感而自尊。两个女人相处,未免就出现了若干不协调。老杨看在眼里,心底寻思:这一对儿外国女人,该着比照母女相处呢?还是得像婆媳那么凑合对付?倘若有点磕碰,自己总得从中帮助化解。

有时,两人之间果然就起了争执。她们相互之间会话,说的是英语。老杨当然听不懂。但老杨何等样人,察言观色,两人为何争执,哪

第三章 老杨、九毛与县长

儿出了偏差，是对事情看法不同，还是脾性差异引起，自会揣测出八九分来。

劳森夫人上了年岁，腿脚渐渐乏力麻痹，人老先老腿嘛。老杨会在晚间烧好一壶热水，供老太太泡脚。自己不方便在这个时辰进女眷房间，请艾伟德端了洗脚盆进去。有时，艾伟德还会给老人捶捶背、捏捏肩。老杨说："唉，人都有一老。劳森太太的年岁，当得起你的奶奶啦！"

艾伟德整天忙碌，脚不点地、手不识闲，她却没有一分薪金。一件毛蓝布褂子扛在身上好长时间。在阳城街市上，满眼是身穿各种花色本地丝绸的女人。在绸布庄柜台前，五颜六色的丝织品琳琅满目。艾伟德或许就无意间流露出欣羡的眼神。改日，劳森夫人会突然拿出一块上好的料子，让艾伟德去量身定做一件中式旗袍。老太太直来直去的："这是老杨给我建议的。请你原谅我的粗心！"

看着自己为之服务的两个外国女人相处和谐，老杨不居功、不自矜，脸上漾着发自内心的笑纹，像个弥勒佛似的。

仁义道德，中国人日用而不觉；华夏文明，润物细无声。

不幸的是，劳森夫人毕竟老了。但有一分奈何，要强的老太太凡事坚持亲力亲为。这天擦黑，上楼去取东西，老眼昏花的，一步没有踩实，从楼梯上重重摔了下来。

劳森夫人摔伤，艾伟德日夜服侍，精心养护。其间，曾经租用马车护送劳森夫人到晋东南的潞安，那里有教会开办的设施完善的医院。医生与护士，都来自英国。

然而，劳森夫人再也无法康复了。她太累了，五十余年的传道工作,耗尽了她的生命。最后,她说:"哦,艾伟德,让我们回阳城,让我们回家吧!"

艾伟德回应道:"好的,劳森夫人,我们一起回家。"

1931年的冬天,艾伟德来到阳城仅仅一年,她的领路人劳森夫人走了。

劳森夫人选定了艾伟德当她的传教事业的继承人,这成为这位伟大的先行者最伟大的决断。

劳森夫人葬在阳城。老杨协助艾伟德操办了整个丧礼。从购置墓地到打制棺木,从雇用杠房人役抬棺发引,桩桩件件,皆是老杨张罗。中国乡俗,最重丧礼,所谓"除死无大事"。教友们,包括左邻右舍,纷纷主动前来吊唁,出力帮忙。来阳城仅仅一年多拓荒布道的这位英国老人,丧礼备极哀荣。她是来这儿做善事的,她是一个好人。除了依循尊重天主教的丧仪外,善良淳朴的中国人、阳城人,用自己的方式,表达了他们的敬意与哀思。

1931年劳森夫人去世,艾伟德与中国信徒在劳森夫人棺木前合影。

是啊,善有善报。艾伟德在这个特殊的时刻,看到了她的先行者劳森夫人布道行善的回报,而她也通过这件事情,多少窥见了中国人的大善胸襟,多少感知了这个东方大国的道德渊薮。

第三章 老杨、九毛与县长

天无私覆，地无私载，日月无私照。

劳森夫人去世后，艾伟德一下子成了耶稣堂院的主人和六福客栈的东家。没有薪金，没有任何经济来源。艾伟德不仅要维持客栈的正常运转，解决迫在眉睫的费用窘迫问题，她还要宣传福音，传教布道。后者，才是她今生的唯一使命。而她，分身乏术，当下捉襟见肘。

这个时候，还是老杨给她提供了最有效的帮助。

在劳森夫人养病期间，事实上客栈事务已经是老杨在独力经办。如今，老杨给艾伟德交代账目，笔笔清爽。老杨付出了心血和劳动，艾伟德要给他补发薪水，被老杨谢绝了："这可不成！你遇上了大事，我公该出力帮忙，不能啥也论钱说话！"

艾伟德感叹着，挽起袖子要清洗床单，却被老杨拦住了。

老杨说："你不能还像一个使女丫头似的，整天忙乱这些。你得像劳森夫人一样，去干你的大事。客栈这儿，你要是信得过，就交代给我！"

"可是，谁来帮你洗床单、擦玻璃呢？"

老杨笑笑道："这一程子，我已经找上了人。就是东关村的，东头巷子里的二柱他老婆王二嫂。出手麻利，人也精干；东西洗得干净，还舍不得多用'洋胰子'。工钱嘛，不多几个。一个长工，一个月才两块大洋。王二家的，说好的，一个月八毛钱。嘿，高兴得后脖颈上都是笑窝儿！"

在最困难最需要帮助包括获得心理支撑的时候，老杨当仁不让，帮助艾伟德度过了那段关键时刻。

那段时间，艾伟德走出县城，走向乡野和周边县份，在劳森夫人开拓的基础上，创建了十多处宣教布道的站点。这些站点，多数在阳城，还有两处，拓展到了临近的沁水县。

她阳城口音的中国话，越来越流利。方言独特的含义更为丰赡的字眼，脱口而出。

从老杨开始，艾伟德接触了更多美妙的和精彩的中国人。

尽管绠短汲深，她毕竟已经开始多少深入了解到了中国文化。

三

依照中国的习俗，凡在丧礼上前来吊唁以及出力帮忙的亲戚、左邻右舍，包括客栈、店铺等商会同仁，即便仅只上过一份丧仪薄礼，主家亦应事后回拜，以致谢忱。

艾伟德听从老杨吩咐安排，一一登门道谢。

老杨特别提醒艾伟德，县政府庶务科曾经派人送来过一封吊唁信，看是如何处置。老杨的意思，艾伟德最好能借机登门回拜。若能就此与政府官员结识，对六福客栈包括对传教事业，作用不可小觑。

恰恰是在这一问题上，艾伟德坚持己见，不肯听从："中国内地会的宗旨，不借贷、不募捐，依法传教，犯不着和政府打交道。一封吊唁信嘛，我们也请人写一封感谢信派人送去好啦！"

老杨无可如何。

谁想后来的事情，大大出乎众人预料：县长竟然亲自登门拜访了艾伟德，艾伟德成了县长大人的座上宾。

事情的起因，和艾伟德收养第一个孤儿九毛有关。

艾伟德到县境西北部偏僻的北柴庄站点布道，隔天上午返回县城。

第三章 老杨、九毛与县长

就在城西不远，紧挨城墙一个名叫水村的庄子边上，艾伟德看到了凄惨的一幕。

一个女人，蓬头垢面，浑身脏兮兮的，就那么坐在潮湿的地上。小脚上是破烂的鞋子，裤脚上满是尘土和泥点。围观的人指指点点，说是这个女人要卖她的孩子。

"卖孩子？"艾伟德大为震惊，挤上前去。

有人认出艾伟德是耶稣堂院的外国传教士，连忙让开些。

在那女人身边，同样坐在地上的是一个八九岁的孩子。要不是仔细分辨，都看不出是男是女。头发几乎糗成了一块毡片，脸上和脖颈上满是泥垢。足底根本没有鞋子，一双脚丫子像是一对儿捣炭锤。身上的衣服条条绺绺的，到处露肉。腿上和胳膊上，布满疮痂。面黄肌瘦，气息奄奄。唯有一双大眼睛，偶尔闪动，表明这是一个活物，眼神里满是麻木和无助。

那女人有气无力地唠叨："大爷大娘、老哥老嫂们，行行好，把这个娃娃领走吧。叫她活出一条命，这娃娃九岁啦，推磨捣碓的，甚也能干啦。多少给我几个钱，我也好歹不要饿死。"

有几个村妇撩起衣襟擦眼，在一边抛撒同情：

"唉，也是可怜哩！但凡有半分奈何，谁肯卖儿女呀！"

"可也是，八九岁，小使薄唤的，甚也能做啦。看着也不傻。"

有位大嫂从村子里走出来，递给那女人和小女孩几块干馍。小女孩接过干粮，狠命吞吃开来，眼神惶惶的，生怕谁抢走她的食物。大嫂对那女人说："我刚刚在村里打问啦，没有要孩子的人家。再说，这女娃娃这么大了，谁家抱养上能养活，就怕养不亲。——要不，你再到别的村子看看?"

顺河风砭人肌骨,围观的人渐渐走散。

艾伟德几乎也要挪步离去了,那女人突然出声,几乎是仰天悲号了:"老天爷呀,活不出来了呀!哪个好人能帮我一把呀!"

不是阳城本地口音,但艾伟德听懂了这悲怆的呼号。世界上真的没有人帮她了吗?我不是一个好人吗?

她张张嘴,想说什么;看着她的举动,那个女孩睁大了眼睛,牢牢盯着艾伟德。

没有语言,也用不着语言,艾伟德看懂了那童稚的眼神——这个女孩,希望有人把她带走。

艾伟德摸摸口袋,那里只剩了不到十个铜圆。她掏出所有的现钱,递给了那女人。那女人双手朝上,接下那些钱,数也不数,紧紧攥在手心里,一边就给艾伟德磕头。

艾伟德领着小女孩走向城门。小女孩不时回头张望。

顺着她的视线去看,那可怜的女人还在朝这儿连连磕头。

回到客栈,刚进大门,艾伟德就喊老杨:"伙房里有什么吃的?快拿点出来,这个孩子快要饿死啦!"

老杨参着一双面手从伙房奔出,见是领回一个脏兮兮的孩子,回身端出半碗稀粥。那孩子几乎是将稀粥倒进了喉咙,然后伸着舌头舔碗,舔得干干净净。然后牢牢捧定大碗,碗边现出一双大眼睛扑闪扑闪。

艾伟德看看老杨,老杨说:"饿成这个样子,可不敢一下子吃多了!这得慢慢调养。"

听说这个女娃娃艾伟德竟然是买了回来,老杨一边安排王二嫂给那孩子洗涮，一边开口劝导："我说艾教士，善门难开呀！这娃娃你买下就买下啦，往后可是不敢这么着啦！咱阳城地面，紧靠河南，那儿一遭水灾，总是成群打伙的难民来这儿逃难。咱客栈，艾教士你，有多大的家底儿呀？"

"有了难民，政府不管吗？竟然发生了卖儿卖女、贩卖人口的事情！我要去找县长，他这个当官的是干什么吃的！"

乍然听见艾伟德说要去找县长，而且是去兴师问罪，这可超出了老杨的想象。当下老杨吃惊不小，张口结舌。

——艾伟德买来这个女孩，拢共花了几个铜圆，折合英镑竟然不到一先令，只有九便士。艾伟德干脆就给她取名九便士，翻译成中国话，就是九毛。

先是稀饭馒头这些好消化的，然后才给九毛加了伙食。九毛的脸色渐渐白里透红起来。艾伟德用英国带来的药膏，还治好了她身上的脓疮。老杨见得多了，说那叫黄水疮，灾荒年多有发生，根子是营养不良。毡片似的头发用"洋胰子"洗过，王二嫂给九毛剪出发帘，鬓边悬垂两条小辫儿。洗涮干净，换上了新衣服，脏兮兮的九毛出脱得满水灵。这孩子正如那女人说的，能干好多活儿，而且非常勤快。不是在厨房帮老杨洗碗，就是在院里帮王二嫂晾晒衣物。个儿低够不着绳索，她有办法，踩着板凳就是了。踩过的板凳，还懂得用抹布擦干净。

艾伟德终身未婚，当然不会有带孩子的经验。收养了九毛，她是真心要爱这个孩子。但在一开始，她不知道如何传达自己的爱意。况且，九毛已经八九岁，有着不同寻常的成长经历。九毛知道这个外国好心人收养了她，但她也还不懂得如何看待这件事本身，更说不到感恩了。老杨他们看得出来，乖巧的九毛在有意讨好艾伟德。恩人和受惠者中间，情感上仿佛隔着那么一层。

最初，艾伟德不准许九毛多干活。她说："我们不能把九毛当童工使唤。"

但老杨不同意，王二嫂也不同意。

老杨说："娃娃不中惯。还能娇小姐一样养着不成？客栈收养了她，就得管教她。看看咱们村里，谁家的娃娃不是小小的学着做营生？"

至于艾伟德教九毛数数认字，老杨就是连声赞许了。

"这个好。九毛可是有福啦！女娃娃念书认字，满阳城能有几个！"

王二嫂叹口气："唉，我家那女片子，也想念书认字哩，自古没有这一说，想也白想！"

艾伟德听见了，主动提出，让王二嫂的女儿，包括东关村想念书认字的女娃娃们，一起来上识字班。

从此，九毛开始读书认字，同时有了玩伴，六福客栈和耶稣堂院回响着她银铃般的笑声。

爱的光芒带着温暖心灵的温度覆满全身，此时此刻，便是天堂。

最初，由于艾伟德对"贩卖人口"深恶痛绝，她对出售九毛的那女人没有什么好感，仅有怜悯，而无同情。看到九毛健康成长，特别是见过县长之后，艾伟德对此地偶尔出现的这类事情，渐渐有了某种理解，而不再是纯粹的激愤。

领回九毛大约两个月，那女人竟然出现在了六福客栈。

拐弯抹角地，那女人先找见王二嫂，又见了老杨。说是想看看九毛，不知道艾教士人家让不让。

艾伟德满口答应。原来那女人在阳城地面，也找到了出路。经人介绍，给大户人家洗衣物、带孩子的，说是熬过荒年，就要回老家河南了。见九毛今番模样，那女人喜得合不拢嘴，上前要亲近九毛，九毛倒有一些生分起来。

艾伟德说："你要是真的喜欢这孩子，也有能力养活她，完全可以带走。"

那女人连连摆手，说绝不是这个意思，只是来看看。孩子这么有福分，你待她就像亲娘一样，她在艾教士跟前比在哪儿都好！

九毛下意识地靠拢了艾伟德，紧紧抓住她的手，小手发凉，并且在微微颤抖。抬头仰望的眼神，说明了一切。她不愿意离开六福客栈，她深深依恋着这位外国母亲。艾伟德一下子抱起九毛，紧紧地搂在怀里。

那女人临走，掏出两小包零嘴吃食，一包花生、一包糖果。东西微薄，那也是一份心意。

九毛八九岁，按说该记事了，但总也讲不明白自己的过往。就是这一次，大家弄清了她的来历。原来，九毛家里姊妹多，她是起小送人的。在当年中国，多生多育且重男轻女，常有溺死女婴事件发生。家境贫寒，将女孩送人更是多见。九毛的养父养母，倒也善良本分，只是膝下没有子嗣。抱养了九毛，是要日后养大了招赘女婿，也好顶门立户连带养老送终。怎奈又遇上了水灾！养父母在逃荒路上双双染病倒毙，九毛饿得奄奄一息，是后来那女人勉为其难，好不容易拉扯着九毛挣扎着来到阳城。

艾伟德反躬自省，那个倏忽出现的女人简直就是神派来的，将可爱的九毛托付给自己。她哪里是自己先入为主断然认定的贩卖人口的人贩子。

九毛，成为艾伟德平生收养的第一个孤儿。是九毛，让艾伟德焕发出母性，变成了一位母亲。九毛，成为艾伟德事业上的出色帮手，成为她生命中最重要的亲人。后来，艾伟德替九毛取了个大名美恩。九毛善良美丽，那是上帝给艾伟德的恩典。

国外出版的诸多著作中，都写到了九毛。书中一般还要介绍如下的事实：九毛在外面玩耍，带回来一个少少。据说那名字说的是少吃一点的意思。九毛和少少在城东河滩上玩耍，竟然又捡回来一个宝宝。少少和宝宝，一概获得了艾伟德的收养。

书中所写，出自艾伟德的口述，说的当然是事实。

艾伟德收留的部分孤儿。

但事实的叙述，到此为止。如此特殊的个别事例排列在一起，无形中会令人思考事件所依托的背景——阳城地面，简直是饿殍遍野，到处是弃婴和无家可归的流浪儿，一个孩子随便就能捡拾到另外的孩子。

仔细推敲，这样的叙述是片面的，包括将出售九毛的那女人描写得面目狰狞，可憎可恶，都有过分片面随意之嫌。

在叙事学上，关于叙事的主观偏差，有"牵人就事"和"牵事就人"的通常弊病。

这位令人尊敬的英国小妇人，其人其事当然非常突出，值得歌赞，但为了突出圣人般的艾伟德，不惜高推圣境，这就经不起推敲了。而在高推圣境的同时，有意无意贬抑了芸芸众生，这就更加要不得了。

让我们依循常情或曰"应该如此的可能"，试着探究当初的真实。

也许，是艾伟德收养了第一个孤儿九毛的事例，在阳城获得了传播。"德不孤，必有邻。"艾伟德行好积善，她的善举得到老百姓的认同和首肯，大家不吝给予赞誉和四下传扬。于是，有人将同样情况的孤儿少少，托付给善良的九毛，让她"带回"了六福客栈。

否则，正如认定前面那女人在贩卖人口，哪有人贩子卖一口人只卖几个铜圆的。况且，贩卖人口涉及买卖双方。指责对方的时候，其实同时也就指责了艾伟德：一个外国人，怎么可以在中国随便购买人口呢？

否则，由于九毛无知，可以"带回"一个玩伴，六福客栈怎么可以不问情由，随便收容不明来历的儿童呢？

我们的意思旨在说明叙事的严肃性，绝无冒犯伟大的艾伟德的动机。

事实上，1935年河南黄河泛滥，有无数难民成群结队涌入山西，首先进入阳城、泽州一带。艾伟德的六福客栈，前后收容孤儿达五十余人。

到1938年日寇侵入泽州、阳城，出现了更多的战争孤儿。

收养孤儿难童，成为艾伟德在中国阳城所做的伟大人道主义贡献。她的人道主义贡献的发端，始自收留九毛。

因之，也才有了艾伟德带领孤儿千里跋涉投奔大后方的传奇壮举；因之，艾伟德的事业和名声达于灿烂辉煌的巅峰。

四

在《六福客栈》电影中，艾伟德率领孤儿们千里跋涉的故事非常感人。她几乎是以一人之力，完成了二战中在东方战场出现的这一人道主义壮举。

电影，作为艺术品，这样典型化，应该是被允许的。

在介绍艾伟德救助孤儿壮举的各种纪实作品中，同样做出这样典型化的叙述。

一百多名孤儿，最大的不过十六岁，小的还需要抱在怀里，千里征程，翻山越岭，没有必备的行装和食物，仅仅艾伟德一个人带领，就到达了目的地——这是神迹与神话。它不真实，至少部分背离了真实。

事实上，艾伟德在阳城的所作所为，包括这次壮举，始终都得到了阳城老百姓的支持，尤其是得到了当时当地民国政府的支持。

其中，在电影中和叙事作品中出现的县长，起到了至关重要的作用。

艾伟德在阳城前后十年，期间阳城县在任的有好几位县长。艾伟德领回九毛的当口，说是要去找县长。她还真个亲往县衙，见到了县长。

艾伟德开始收容孤儿，并因此结识县长从而出任政府的禁足督察，这位县长是山西籍洪洞的张书榜，而艾伟德带领孤儿离开阳城的时候，此时的县长是浙江籍的李英樵。

无论是张书榜还是李英樵，作为民国政府的县长，身上多有时代赋予的共性。首先，他们一定是饱读诗书的文化人。此时，民国建元二十年，距清室逊位相去未远。中国的科举选官制度虽已取缔，但那时的文化人仍然多有扎实的国学底子。读过四书五经，秉持仁义道德。其次，他们毕竟又是民国政府管理一方地面政务的官员，信奉三民主义，具备全新的执政理念。他们是承继传统的一代，又是开新务实的一代。在他们身上，充分具备了所谓民国风范。

在我们的叙述中，也大可不必斤斤计较枝节皮毛，大搞烦琐考据。县长，这个名堂满好。就作为当时所有在任县长的共名，无伤大雅，未尝不可。

当年的民国政府，依循的还是中国自古以来"政权不下县"的权力科层设计。阳城县政府借用的还是自明清以来的县衙办公。

艾伟德第一次走进县衙，不禁感觉县衙建筑设计投出的那种肃穆与威严。她多少有些不安，于是更加昂起了一个英国传教士高傲的头颅。

经人通报，县长气度雍容地接见了艾伟德，笑容可掬，而且礼仪周全。艾伟德说明来意，并且不无指责的口吻。县长彬彬有礼听完陈述后，平静地说道："艾教士，我知道你。我们正在部署救助难民的工作，你关注到的正巧是我们同样关注的问题。你已经收容了那个孩子，这非常好！希望你但有余力，继续帮助我们。"

"可是，"艾伟德不依不饶，"贩卖人口呢？"

"贩卖人口？从大清律条到民国法律，这都是绝不容许的。"县长意味深长地笑笑，接着道，"根据你的陈述，恐怕构不成这一罪名。岂有贩卖人口，一个八九岁的孩子只卖几个铜圆的。你收容了一个他人无法养活的生命，并且在同时又多少资助了那位无奈的母亲。事情大致就是这样的吧？"

"我当然要救助那些受难的人,这是上帝的旨意。可是你们呢?包括你的政府,做了些什么?"

县长依然一派温良恭俭让:"事起仓促,难民突然涌入,数量非常大。即便河南政府方面提前有所通告,本县政府毕竟人力财力有限。除了在黄河口岸和商旅要道设立粥棚,聊以救急,确实没有能力集中救助大批灾民。我们的惯常办法是依赖和动员民间力量。灾民,包括难童,大量散落到乡野去了。他们看似无序地逃荒,其实是在自我分流。而阳城以及我们泽州地面其他各县,老百姓救助遭灾逃难的河南人,早已成为习惯。——就像你一样,他们或者收留了孩子,或者给他们一点儿食物和银钱。各地商家和乡绅们则发挥了不亚于政府的号召组织能力,种种救助措施,扎实而有效。救苦急难,是我们的国族传统;行好积善,是老百姓的律条。所有这些,是我这个县长救灾最可靠的后盾和强大的支撑。呵呵,他们那么做了,没有什么自我标榜。当然,也没有前来质问我这个不称职的县官罢了。"

一席话,不激不随,艾伟德如沐春风。她未经深思熟虑的质问,县长没有任何怪怨,倒是做了最坦诚的交代。艾伟德不禁对这位地方长官有了最早的认知和相当的好感。

艾伟德也给县长留下了极为深刻而鲜明的印象。从艾伟德身上,县长看到了英国普通妇女性解放和心智开发所达到的程度。他们在后来的交往中有了更加深入的相互了解,乃至建立起了不同寻常的友谊。

伯格斯在《小妇人》中这样写道:"阳城的地方最高长官与艾伟德——这位身形瘦弱、来自伦敦郊区的前女佣之间的友谊,也许是历史上东西方交往中最奇特的代表。"

第三章 老杨、九毛与县长

当难民问题渐渐化于无形，艾伟德这儿收容的孤儿已经达到两位数。六福客栈在维持原有经营规模的情况下，事实上同时变成了一座孤儿院。孤儿们跟从九毛，一律称呼艾伟德妈妈。无论是失了怙恃的孤儿，还是可怜的弃婴。瘦弱矮小的艾伟德，成了一位最忙碌的妈妈。管理这么多孩子，吃喝拉撒、衣食住行，时时都得操心，样样都得操劳。

艾伟德的理念非常坚定，孤儿院不仅要养护这些孩子，而且要教他们学文化。担任教员，她就更得亲力亲为啦。更何况，她还要定期上站点去布道，坚持给车把式和骡夫们宣讲圣经故事。

老杨和王二嫂不禁担心：这么着没明没夜的，还要把人累坏了哩！

正忙得不亦乐乎，县长大人竟然亲自到六福客栈拜会艾伟德来了。路上有巡警开道，来到大门上有秘书科干员提前通报。王二嫂钻进厨房，大气不敢出；老杨正在剁肉，连忙止了刀杖。

宾主寒暄过后，艾伟德领着县长，简单巡视了客栈，看望了孩子们，随后到耶稣堂院正式奉茶待客。

原来，县长除了礼节性地回访，今番前来确有大事洽商。

县长亲自出马，是想聘请艾伟德出任阳城县政府的禁足督察。解除女性缠足，是当时民国政府的一项重大决策。具体到禁足督察，条件要求非常严格。首要的一条，本人必须是未缠过足的年轻女性，第二是要有文化。县长再三遴选，当时的阳城，天足知识女性可谓凤毛麟角。开明士绅，得风气之先，或有将女儿带到外地商埠入学读书的，当然也不缠足。但自此生活在大都会，仅是偶尔回乡。女人不缠足，引得众人来围观。缠足女人们群威群胆的，指指画画，颇是鄙夷不屑。天足行走，不惧抛头露面，广接地气而又能言善辩，整个阳城再也找不出第二个比艾伟德更符合条件的人了。

艾伟德接受了县长的聘请，同意出任禁足督察，从此成了一名领受薪水的临时政府官员。由于她担任督察期间做出的成绩，以及诸多人道主义奉献，艾伟德受到过县政府的表彰，还因之成了出席政府工作会议的座上宾。

一来二去，艾伟德和县长成了私交甚好的朋友，至少是可以涉猎诸多话题的谈友。

艾伟德甚至与县长直接谈到过基督教会派人来华传教这个话题。在艾伟德后来的追忆中，县长慢条斯理地说："艾伟德，你要把你们的福音传播到我们的土地上，可是，我们这里的文明比你们悠久得多。难道你把我们这里看作是一个野蛮的国家吗？"

"我从没那样想过。"她回答得很巧妙。艾伟德从第一天进阳城起就明白，这种意识包括习惯上的冲突太多了。

县长以一种充满自豪的口吻继续道："我们已经发明了许多伟大的艺术和哲学。中国的官方语言也是全世界最美妙和最精致的。当英国还只是未知世界的一堆岩石，而美国还是不毛之地的一个孤岛时，我们的诗歌已经在传颂了。然而，现在你却不远万里到这里来，要向我们传授一种新的信仰，我觉得太奇怪了。"

对于县长曾经说过的某段话，这里依凭的是艾伟德后来的追述。整理她的回忆追述，他人的记录是否精准？包括翻译成中文，还会有某种失真，我们很难断定这全然是县长当年的原话。但毫无疑问，这段话所传达的精神指向，应该基本准确。

通过这段对话，我们可以基本判定这位县长的全部文化养成。中国人，是一个文化概念，岂止是歌里一句唱词"黑眼睛黑头发黄皮肤"可以了得。

县长，作为一名在职基层政权官员，他很好地把握了当时的宗教政策。外国人只要合法传教，绝不干预。这体现出的当然是华夏文明一贯的开阔胸襟，并没有将艾伟德看作异教徒，对一种外来意识形态，没有什么过激反应。华夏文明厚重博大，坚不可摧，自信满满。

更为可贵的是，县长作为中国当时的文化人，犹如历来传承儒学道统的读书士子，身上依然富含传统的士大夫精神，对华夏文明有着深刻的理性认知和从容的自信。

政治腐败、经济滞后、军备落伍的大清帝国，在八国联军船坚炮利"以力胜人"的丛林法则面前，无疑吃了败仗，但这绝不能证明华夏文明也失败了。成吉思汗的子孙打遍了欧亚大陆，能说他们的游牧文化、杀戮抢劫，比当时的欧亚文明更为高级吗？暴力争胜，得逞一时。如此而已。

欧洲人惊异于中国人从来不知道上帝，颇为中国没有宗教而担忧。他们不懂中国。要懂得中国，需要低下傲慢的头颅，不再居高临下，真正深入华夏文明。如同查尔斯悟到的，哪怕你只是有过真正与中国人一对一的接触与了解。

相比老杨、九毛以及村邻骡夫们，县长是艾伟德接触和了解的另一个人、另一种人。这个人，更为美妙，更为精彩。仰之弥高，钻之弥坚；瞻之在前，忽焉在后；望之俨然，即之而温。是为君子。

要真正读懂这种美妙和精彩，有待于时日。

居高临下，不成；急功近利，不成；浅尝辄止，不成；绠短汲深，更不成。

第四章　禁足督察

一

县长亲自登门，邀请艾伟德出任禁足督察，一开始艾伟德并没有爽快答应。她坦诚地给县长讲了自己的难处，说的都是实情。

一者，从客栈到孤儿院，还有传教工作，需要操心出力的事情太多，自己确实分身乏术。

再者，自己从来没有参与过任何行政工作，对于禁足这一全新任务尤为陌生，出任督察，心里没底。

贸然答应，恐怕有负县长重托，连带又耽搁了自己的传教正事，岂不是两败俱伤。

县长却是有备而来。对于艾伟德陈述的难处，当下拿出了解决办法。关于禁足，是怎样一个任务、当如何开展工作，有关方面负责人会详细交代。是艾教士你这样的天足文化人不好找，并非这一工作多么复杂。另外，今番全省大力开展禁足运动，属于政府行为，省府已然为之拨下了专用款项。出任禁足督察，会有相应的职务薪金。

县长微笑道："除了教孩子们读书识字，我看管理客栈和照顾孩

第四章　禁足督察

子,所有庶务都可以雇人替代。据我所知,在贵国伦敦,一个普通女仆的月薪,不过一个英镑。折合中国银圆,大约十块钱。十块银圆,在阳城、在东关,能雇十个能干的女人啦。艾教士,设若你打理客栈事务之余,每月能有二十天左右投身禁足工作,政府可以付给你两个英镑的月薪——每天一个银圆。"

积攒那笔来华的车票费用,艾伟德曾经付出了多少辛劳汗水。当下即刻明白,每月两个英镑,这是一笔相当可观的薪水。自从劳森夫人病故,断了所有资金来源。客栈经营,仅能勉强维持而已。开办孤儿院,已是捉襟见肘,诚属咬牙支撑。为教会行善布道,艾伟德没有领到过中国内地会哪怕一个便士的薪水,今番竟然是中国政府要给一个外国传教士发工资了。艾伟德强压下心底升腾的喜悦,尽量平静地说道:"可是,我的传播福音的使命呢?莫非县长大人你能格外开恩,允许我在深入民间督察禁足的同时,顺便传教?"

对于艾伟德的"加码加价",县长朗声大笑,爽快答应:"哈哈!完全可以!上苍生人,男女皆是天足;裹缠变形,大干天和。禁止女人裹脚,革除陋习,解放妇女,本身便是替天行道。这一点,中华仁道和贵教的教义,完全没有冲突。依我看,这比空泛宣讲教义,更有价值。如此,定然不会出现你所担心的两败俱伤,倒是完全可能两全其美,不知艾教士以为如何?"

县长一番话,循循善诱,入情入理,艾伟德再无推辞。

艾伟德担任了禁足督察,立即详细了解自己的职责范围和当前紧迫的任务。县里具体负责此事的官员,当下给艾教士细细分说一回。

女人缠足,在近代世界,成了中国的国耻。禁足,革除千年以来的缠足陋习，成为民国政府可圈可点的执政实绩之一。

当代中国人，见过妇女小脚、知道缠足是怎么回事的，已经不多。

犹如欧洲曾有妇女束腰的百年陋习，女子缠足，在中国则是千年痼疾。源于哪朝哪代，聚讼纷纭。有说赵飞燕小脚玲珑能作"掌上舞"，汉朝王宫最早开此恶例。有说其风始于南唐宫廷，渐次蔓延民间。所谓上有所好，下必效之。"吴王好剑客，百姓多创瘢；吴王好细腰，宫中多饿死。"执政统治者的奢靡腐化，不知伊于胡底；病态审美心理，毒化了全社会。毒化之深，连女子自己也以小脚为荣耀；大脚天足，有嫁不出去的危机。

清入主中原，在强令汉族男子"雉发"的同时，也曾数次通令禁止汉族女子缠足。但当时有"男降女不降，生降死不降"之说，女人坚持缠足，成为女人不曾投降异族的自欺欺人心理自慰手段；反抗异族统治的民族情绪，乖戾吊诡地走向恪守痼疾之途。

自鸦片战争之后，中华帝国门户大开。平心而论，西方入侵其实是一柄双刃剑。中国从此跻身于世界民族之林，封闭再无可能。相较短长，种种落伍愚昧，再也不能自欺欺人。女子缠足乃成天下笑话，中华国耻。

以天下为己任的读书士子，再不能麻木不仁、无动于衷。从张之洞到梁启超，无不开始大声疾呼，力求革除陋俗。"身体发肤，受之父母，不可毁伤"，本是圣人教导，天经地义。缘何伤残妇女，竟至以丑为美、嗜痂成癖？

外国人在中国劝诫女性缠足，追溯以往，颇有声势的是英国传教士发轫的废缠足运动。1875年，英国早年来华驻厦门的麦嘉湖女牧师，组织当地女性基督徒成立了厦门戒缠足会，其理念与核心工作就是将缠足赶出每一个中国家庭。

1895年，由英国在华商人立德的妻子——立德夫人发起，在上海成立天足会，并在中国各地陆续设立分会。她们集会、演讲、著述，大量印发廉价小书，书名有《莫包脚歌》《劝放足图》《放妇女缠足说》《张尚书（之洞）劝诫缠足章程叙》等，其活动前后跨世纪长达八年，足迹遍布中国南方各省。所到之处，在城内张贴张之洞关于反对裹脚的语录。立德夫人善于利用新科技视听媒介，展示中国妇女裹脚与不裹脚的X光照片，可谓用心良苦，慈爱真诚。

但裹脚乃中国悠久传统陋习，中国男子视小脚女人为美，已成社会心理。再说中国女人的脚乃私人禁区，不许光脚示人，即使是洗脚也要躲在房内僻静之处，岂容别人尤其是外国人来公开放足。故而做做宣传可以，若动真格的难度极大，恐怕还有冲突纠纷，甚至引发人命官司也极有可能。外国女传教士发起的放天足运动尽管旷日持久，但收效甚微。

民国成立之后，中华大地女性缠足传统之风仍然弥漫整个版图。1912年，刚刚成立之初的民国政府曾经颁布了一道禁止缠足的命令，但命令始终未能有效推行。内地省份、偏远乡野，一贯封闭迟钝，尤为我行我素。政府强制放足，在百姓看来，属于侵犯人生自主权利；为人父母，被剥夺了对女儿身体的管辖权。强行查验，则涉嫌侵犯女性隐私。禁足遇到的抵抗、抵抗之烈，超乎想象。

阎锡山执政山西三十八载，治理山西带有鲜明的阎氏印迹。从1917年始，他重拳出击，推出"六政三事"。其"六政"为：水利、种树、蚕桑、禁烟、放天足、剪发。"六政"中的放天足，便是禁止缠足。

该新政推行至1927年，整整十年。由于政绩突出，民国政府曾两次授予阎锡山"模范省长"称号。山西成为全国的"模范省"，前来参观者络绎不绝。蒋介石甚至在一个会议上这样说："我们以往学苏联、学美国、学德国，落了个一切都没有办法，还不如阎锡山在山西有办法。"

阎锡山在讲到缠足时说道："他而男子吸烟（指抽大烟——笔者注），女子缠足，尤为人生大害，务期必除。……至于缠足恶习，行动维艰，其害百出，不可胜言。是必实行劝禁，确定办法。"

然而，缠足恶习之顽固、陋俗革除之难，超乎想象。当年，在阎锡山家乡五台县实施放足新政时，民兵团体保安社都带着天足知识女性，以便对裹脚女性脱鞋去袜接受检查。若谁家妇女拒绝放足，将受罚款处分。但即便如此，该县滹沱河南面的村庄，不但群起反对禁足，甚至以武力抗拒，最终经镇压方才平息。

艾伟德来到中国阳城，已是1930年。山西推行新政已有十多年。她在阳城、在东关村，仍然随处可见缠足妇女。始而惊诧，继而惶惑。但孑然一人，千夫诺诺，一士谔谔，于事何补。渐渐听之任之，见惯不惊罢了。

今番，阳城县奉省府命令成立了特别禁足委员会，再次以行政手段强力推进放足。阴差阳错，或应该叫作因缘际会，艾伟德成了中国阳城政府聘任的禁足督察。

针对以往遇到的实际状况，为了务必取得禁足工作的实际效果，县长特许巡警司派出两名带枪的警察，随同艾伟德行动。

艾伟德骑着骡子，两名警察戎装跟从，走在去往偏远山庄的路上，沿途一路山花野草伴随了乡民惊异的目光。艾伟德感到"非常有趣"，那种"成就感简直令人心旷神怡"。

到真正深入中国乡村，走进每家每户的内室，真正见到了缠足的全部真相，艾伟德的震撼与痛心无以复加。觉得自己原本就应该出任禁足督察，即便没有任何薪水。那是什么样子的脚啊！姐妹们经历了多大的痛苦，女孩们正在承受着什么样的刑罚与折磨啊！

缠足也称裹脚、包小脚。给小女孩缠足，一般从四岁开始，历时三年，到七岁初步定型。从正面看脚底，完全消解了人足的天然形象，除了大脚趾之外，其余四个脚趾基本折断，全部向下裹缠紧压在脚心下面。由于强力裹缠的作用，脚弓不能正常发育，变为一个"n"字畸形。最后，脚的全长不及自然长度的一半，整只脚变成一个不规则的三角形，成了所谓"粽子脚"。

由于相沿成习的变态社会审美心理作祟，不仅男子，便是女子本人也以这样的怪哉足形而沾沾，甘愿为之忍受难以言状的裹足痛楚和终其一生的行走不便。民间谣谚归纳曰："小脚一双，眼泪一缸。"痛哉斯言！

看着姐妹们、女孩们的痛苦，艾伟德感同身受。如果说，艾伟德接受县长的邀请，还出于公事公办，理当尽力尽职。一旦接触工作实际，艾伟德锐身自任，全然走上了自觉。

二

1949年艾伟德离开中国大陆回到英国之后，面对访谈记者和专栏作家,曾经谈到过她在阳城督察缠足的经历。由于印象深刻,所以记忆犹新。

她所巡视的第一个村庄,位于山谷里一条湍急的小溪边。一进村,警察便高声吆喝,喊来村长,向他传达了县长的命令。随后,隆重地介绍了艾伟德禁足督察的特殊身份。带枪警察进村,而且簇拥着一个黄头发、蓝眼睛的外国女人,小山村的村长何尝见过这阵势?当下不敢怠慢,即刻令人筛锣敲钟,包括用长长的铁桶喇叭呐喊,召集全村户头来听训话。

在一个打谷场上,各家的户主到齐。按照惯例习俗,女人们自然不会抛头露面到场。只有附近住户的女人,在围墙边上探头探脑。

在警察和县里大员面前,村长拿起架势,正经了脸色,大声宣布了政府的命令:从现在开始,村里所有女的,无论大人小孩,都必须废止裹脚!裹了脚的要放脚,尤其是正在裹脚的孩子,要立即放开!

两个警察黑凶凶地正告:"谁敢违抗政府命令,就叫他尝尝蹲班房的滋味!"

按照农民的惯常经验,官家的政令嘛,表面上总得服从,多半是公家人说完也将罢了。老百姓自会软磨硬抗,有的是种种花招。女人的脚嘛,就说是统统放开了,莫非还真有人一家一家检查、一只脚一只脚验看不成?

大家围拢了,倒是要看稀罕。看看这外国女人怎么说话,有何动作。

村长满脸赔笑,恭请艾伟德和两名警察到村公所用茶,并且开始安排午饭,令人去请村中的做饭把式来张罗饭菜。

第四章 禁足督察

艾伟德却说:"我们不忙吃饭。我要到村子里去,就是现在,裹脚的女人必须放足!谁家正在给小女孩裹脚,立即停止!"

说着,径直走向村边一座院落。

那家的男人登时脸色大变,院落那里刚刚在墙上探头的女人消失不见。

警察带领艾伟德闯进院子,这家的女人包括前来一道窥视外国女人的妇人们,吓得钻进堂屋。

男主人叉着胳膊,拦在房门口,连连嚷叫:"你们,你们,生人外人男人家,不能进女人的房子呀!"

村长也在一面帮腔,向两位警察恳求:"两位上差,你们不会进去吧?"

一名警察摘下枪来,一名警察喊道:"现在,本县禁足督察进房验脚,谁敢阻拦执法,立即抓起来!"

禁足督察艾伟德身为女性,进屋验脚,村民再也无可阻挠。

艾伟德进了房间,女人们坐在炕上,都在往屁股底下藏她们的小脚。女人们身后,是一个四五岁的满眼惊恐的小女孩。

艾伟德用一种威严的口吻,命令做母亲的把孩子的裹脚布解开。那女人安敢违抗,连忙把女孩抱在膝盖上,一层一层揭去紧紧缠绕的裹脚布。艾伟德平生第一次看见:一个孩子的小脚丫前端,除大脚趾之外,其余四个脚趾统统弯曲变形,压在脚底的指关节都是血痂!

她禁不住高叫起来:"啊!太可怕了!你们看看这孩子的脚!这可怜的孩子以后怎样走路啊?"

当小女孩另外一只脚上的裹脚布也完全解开之后,艾伟德亲自上

前，温柔地抚摸着孩子的脚趾头。小女孩不再惊恐，睁大了眼睛看着

艾伟德在给小女孩放脚（李慧娟供图）。

眼前这位她从没有见过的黄头发女人。

艾伟德微笑着柔声说："咱们以后就不裹脚啦！这五只胖嘟嘟的'小猪娃'要去赶集喽……"

小女孩咯咯地笑出声来。屋里原本紧张的气氛轻松了许多。

艾伟德就在农家的炕头，当场露出自己的天足，对女人们现身说法："你们知道，男孩与女孩的脚是一样的。如果上帝，也就是老天爷，要女孩有一双小脚，那他就会把它们造成那样。但是，他把男孩女孩的脚都造成了一个样。现在政府有令，必须让小女孩的脚自然生长，绝对不可以缠裹。任何缠裹小脚的女人都要放脚，否则就要受到法律处罚。你们现在就得马上放脚！"

女人们犹豫着。艾伟德推开房门，厉声道："哪个女人不放脚，或者哪家的男人不许自己的女人放脚，警察立刻把人带走去坐禁闭！"

院里的男人们，鸦雀无声；屋里的女人们，开始放脚。

艾伟德拎着长长的裹脚带子走出房间，来到屋檐下，接着训话："从今以后，不许任何人再裹脚了！男人们有什么异议的话，让他先来试试这裹脚布的滋味！"

在第一个村庄，禁足督察艾伟德挨家挨户走遍了每座院落。

离开村庄的时候，艾伟德警告村长："我们会随时前来检查。如果

村子里出现偷偷裹脚的事情,警察将会把你抓到县大堂上,交由县长大人亲自处置!"

村长唯唯连声。

然后,艾伟德带着警察去向下一个村庄。

中国传统的乡村社会,国家政令和奇闻逸事,向来都是通过谁都说不清的渠道传播,而传播的速度极快。

在阳城乡野,政府强令放脚的消息不胫而走:老百姓都知道来了一位威严而又认真的洋女人。黄头发、蓝眼睛,能说一口阳城话,然而却是执法无情。洋婆子督察缠足这一话题,就像飞在艾伟德前面的一只知更鸟,提前告知了每一个山村。汉子们街谈巷议,说一些没用的大话;女人们窃窃私语,发愁地瞅着自己的脚。人们就像藏猫猫的小孩子,知道自己终将被人发现,但却不知道那人会在何时出现。

二十多年后,艾伟德回忆自己在阳城督察缠足的经历时,这样说:

> 当我们到达某个村庄,警察会前去召集所有村民来到空地上。然后他们就重述那长官的指示,宣布现在缠足是违法的,要受罚的。那些男人支吾闪避,看起来不太愉快。他们喜欢他们的女人有小脚,认为那样是美丽的象征,并且是祖宗留下的习俗。因此,警察们会厉声说:"如果有任何小女孩缠脚,她的父亲就会被抓走关起来。艾伟德是政府的督察专员,她有权查看每个女人和小女孩的脚。任何拒绝接受查脚的人,都将被处罚!"

就这样，艾伟德历经数年，几乎踏遍了阳城的山山水水，几乎走进过每一个偏僻村庄。到后来，当她走进某个村庄时，那里的妇女会抱着已经解掉裹脚布的孩子，主动地给她看。她的声望已经走在她的前头，产生了奇妙的作用。

艾伟德任禁足督察,几乎走遍了阳城的每一个村庄(李慧娟供图)。

——应该说，在民国新政实行多年的基础上，艾伟德出任禁足督察，基本上扫除了阳城县的缠足陋习。从那个时候开始，再没有小女孩被强迫缠足。已经缠了小脚的年轻妇女，也统统抛弃了裹脚布。这样的妇女，由于脚趾折断变形，已经无法伸展开来，但她们的脚弓从此获得解放，再没有变成可怕的"n"字形。

这样的脚，称之为"解放脚"，俗称"萝卜脚"或者"玉米棒子脚"。延续了一千多年的缠足时代，寿终正寝。

禁足、放脚，脚的解放，成为现代中国妇女解放的先决条件。

身体的解放，成为精神解放的先声。

男人的发辫，曾被欧洲人辱称"猪尾巴"。剪辫子和放小脚，作为民国政府的新政内容，坚持有年，终于见到巨大的成果。民族耻辱，至此得以洗雪。

艾伟德，作为一名英国传教士，没有仅仅站在外来殖民者的立场，居高临下"评头论足"。她受聘担任了阳城县政府的禁足督察，本职工作负责尽职，严谨细致。

艾伟德胸怀慈悲，广播仁爱。她的爱，超越了国界，超越了性别，甚至超越了狭义的传教布道。

三

坚持数年遍及阳城乡野的禁足工作，大见成效。放足的好处，其解放女性的划时代意义，自当载入史册。

而当抗战全面爆发，日本鬼子打到阳城，不再缠足的阳城妇女即刻广为受惠。

日本军队攻陷阳城之后，县城差不多成了一座空城。全城百姓提前逃难疏散，几乎统统跑到周边村镇。在鬼子经过或可能经过的村镇，老百姓也统统逃难"跑反"，躲藏到深山更深处去避难。假如那时的阳城妇女还是三寸金莲小脚，她们的逃难"跑反"，绝不会那么方便。

据老辈人传言，在日本鬼子侵华时期，同样是山西盂县红崖底村，缠足妇女就没那么幸运了，发生过好几桩小脚女人自杀的惨剧。日本鬼子来了，我们的民兵放倒消息树给村人报警。老百姓当然是马上"跑反"，带上被褥锅盆碗灶逃进深山老林。有那么几家，女人是小脚，男人正好在地里劳作，无法回来搀扶背负。女人逃跑不及，生怕受辱，一个跳了水窖，一个栽了家里的水缸。

惨不忍睹，惨不忍闻。

经历过日本人屠城的阳城老人武子仁,也曾谈到过这一话题:"日本鬼子进城杀了数百人。我的姐姐比我大四岁,1926年出生。我的父亲当年是中医,比较开明,在阳城推行天足运动中,就没有让我的姐姐裹脚。日军飞机轰炸阳城时,每个人都要跑了,要逃到乡下去避难,形势逼迫人了。这时候看,艾伟德担任禁足督察,让全县妇女放脚放对了。我姐姐没有裹脚,当然体会到了放脚的好处。缠过脚的女人再放开,时间久了的也不能放大了,我们阳城人笑着说,小金莲放成了'金皇后',就是三寸金莲放成了玉米棒子状。女人的骨头经过裹脚变形了,虽然解开了裹脚布,但不大不小的,成了'解放脚'。可那时没有办法呀,大家都得跑啊。'解放脚'也救了人啦!"

2012年5月,谭曙方与侯小作。

几年前,为了调查艾伟德当年在阳城的禁足实绩,谭曙方曾经到阳城县河北镇,拜访过一位九十三岁的小脚老太太侯小作。放足运动在阳城结束已经八十多年了,裹脚女人在本地早已很难寻觅。老人家既然见过艾伟德,为什么没有放脚?这中间到底有什么原委?

侯小作老人家在河北镇孤堆底自然村,位于县城西南方向。阳城地势是西、北、南三面环山,由西南向东北倾斜,县城位于较为平坦的东北部。从县城出发,汽车进入河北镇地界,开始一路爬坡。由河北镇通往孤堆底村,是只能容纳一辆车子行驶的土路。八十多年前,当艾伟德骑着骡子来到这里,想必那时是更加蜿蜒狭窄的山路吧。

在孤堆底村山坡上的一间农家小屋里,谭曙方见到了侯小作。老人家头上戴着黑色丝网头套,显然属于本地老人早年间的装扮。牙齿缺失,所剩无几,老人整个嘴巴都瘪了下去,但眼睛明亮有神,面部舒展,说话依然满有底气。老太太拄着拐杖,裤管在脚腕那儿用裹腿带子扎了起来,下面便是一双穿着特制布鞋的小脚。

问起当年情形,侯小作老人说:"记得有个黄头发的女洋人,骑着骡子,后面还跟着兵,背着枪,是到这里来检查女人裹脚的。人家没说名字,不知道叫个啥。说是所有的女人,不管大人孩子,都不能裹脚,裹了脚的也得放开。"

侯小作老人指着自己的小脚,后悔地说:"村里开了会以后,听说人家要挨家挨户检查。我妈怕我放了脚找不到婆家,就把我藏了起来,藏到茅厕里,我躲在那里一直不敢出来。我躲过了检查,当时没有放脚。唉,现在想起来,可是后悔死了。这双小脚,让人遭了一辈子的罪,可是把人害苦了……"

老人的小脚,看上去并不像典型的三寸金莲那般小,但又比正常女人的脚小好多。想必她日后看着村里女子大都放了脚,也就尝试着不再缠脚,但变形的骨头已经不可能恢复原样了。正像武子仁所说,虽说解了裹脚布,脚却变成了"金皇后"。

相比之下,侯小作老人的手显得宽厚有力,她紧紧握着谭曙方的手,挪动着那双小脚,坚持把客人送到大门口。或许,她早已明白了,放脚对女人来讲真是天大的一件好事。当年，她躲过了禁足检查，到了却慢慢地变成了一个孤独的异数。她留下了终生遗憾，那双脚成了她一生的痛。

侯小作老人在当年，不可能知道全山西实施天足运动的社会意义。而在今天，女人裹脚已经成为淡出我们视野的历史陈迹。侯小作老人的孤立存在，成为中国妇女缠足史的一个见证；同时，成为艾伟德在阳城督察缠足、投身解放女性运动的一个遥远而孤独的背景。

——说来可悲可叹可笑，关于艾伟德、关于六福客栈、关于艾伟德出任禁足督察，还发生过一件更为遗憾而又绝对无法弥补的事情。

20世纪福克斯电影公司根据《小妇人》准备拍摄电影《六福客栈》之初，原计划将选取中国台湾的若干外景。既然无法与中国大陆达成合作，在台湾，在中国的另一块土地上来拍摄，到底也是一个不无意义的补救措施。开初，合作双方已经协商妥当，《六福客栈》的制片人于1957年12月，在台湾已经开始了紧锣密鼓的筹备工作，但台湾"行政院新闻局"竟突然横加干预。据称，因"剧中涉及民国妇女缠足等问题，唯恐有损民国形象"云云，故而提出许多所谓修正意见，最终导致双方协商无果。于是，在迁延半年之后，1958年2月7日，20世纪福克斯电影公司不得不致电有关单位，取消了在台湾拍摄新片《六福客栈》的计划。

这真是一幕让人笑不出来的笑剧闹剧滑稽剧。艾伟德原本是在民国政府的领导下，做了一件革除中国千年陋习的好事，解放了万千女性之痛苦。大加歌赞，有何不可；外国人出资拍摄宣传，何乐而不为。极权制度下的台湾"行政院新闻局"，竟然因噎废食，削足适履，其蛮横冷血愚蠢颟顸，达于登峰造极。

相反,一些战后流落台湾、熟悉阳城情况的山西官员,面对记者访谈,尊重史实,言辞诚恳:"在天足运动中,阳城妇女大都成了天足,艾伟德之功实不可没。"

这样的评价,合情合理,合于历史的真实。

艾伟德居功至伟,完全受得起这样的评价。

四

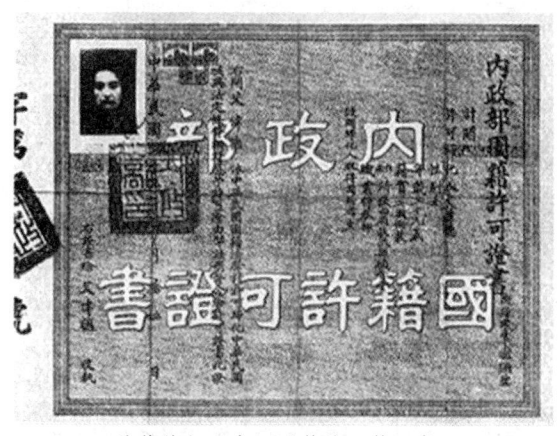

艾伟德加入中国国籍的入籍证书。

在艾伟德身后,众多严肃纪实作品和档案资料证实:这位来华传教士被民国政府核准加入了中国国籍。

关于艾伟德入籍中国的具体时间,有两种说法:一说在1936年,一说在1941年。

两种说法看似矛盾,其实是事出有因。

1936年,艾伟德向中国政府郑重递交了入籍申请,并且获得了核准。当年,艾伟德在寄往英国的家书中这样写道:

我感到这实在是我的国家,这里的百姓也是我的同胞。所以，现在我的生活已经完全中国化了。我吃的是中国饭，穿的是中国衣，说的是中国话。我甚至在努力学习他们的生活方式。我觉得自己与他们已经毫无分别。事实上，我已申请加入中国国籍了。

但由于抗战爆发，艾伟德的入籍申请受到延误和耽搁。当1940年她的入籍证书寄到阳城的时候，这位勇敢的巾帼英雄已经在护送百余名战争孤儿奔赴西安的路上了。正如矢志不移坚决前来中国传教的时候一样，此时的艾伟德矢志不移要成为一名中国人。她在陕西扶风，再次递交了入籍申请。到1941年7月15日，中华民国内政部再次核准了她的入籍申请。

这是她生命中最重要的时刻。这成为她平生最快乐的事情。

从此以后，艾伟德无论身处世界什么地方，她都自豪地声明自己是中国公民。从此以后，艾伟德以中国为自己的祖国。终其一生，以此为荣，为之献身。

艾伟德在中国阳城于1936年申请加入中国国籍，这是大有意味的。

1936年，艾伟德来到阳城已经六年。在这六年里，她开办六福客栈，创建孤儿院，她的善举获得了阳城官方，特别是老百姓的赞赏，她的名字早已为当地人熟知。特别是艾伟德出任禁足督察，数年间她的足迹几乎踏遍了阳城乡野。这位英国传教士真正深入了中国人的生活，了解了中国传统社会的方方面面，包括中国文化，包括中国人的心灵世界和思维方式。

在县城、在乡下，再没有什么人当面叫她洋婆子、女洋鬼子。中国人非常尊重这位中国化了的外国人，甚至当她是自己人。老百姓称呼她艾教士、艾先生，政府职员称呼她艾督察、艾专员，她的禁足工作实绩得到县长的夸许和政府的表彰。她不仅成了县长大人的座上宾，而且是许多老百姓的炕头客人和知心朋友。而被她救助的那些孩子，毫无例外发自一派天真的赤子之心，称呼艾伟德妈妈。

当日不落帝国的旗帜几乎插遍五大洲，大英帝国的炮舰横行四大洋时，作为一个英国人，作为一名传教士，有着与生俱来的民族优越感和"上帝选民"的傲慢。而这，正是横亘在他们与各地土著民众之间的障碍与壕沟。这种优越感和傲慢，一旦遭逢华夏民族雍容博大的文明，终于遇到了真正的对手。

不曾断裂的华夏文明，不是楔形文字标定的死亡了的远古文明，而是万世一系的方块字密码承载的活生生的不老文明。它不仅仅是古老而辉煌的先秦典籍，不是封闭在书斋里的高头讲章，它是奔腾不息的此在文明之河。

艾伟德认识并熟悉了许多阳城的中国人。无论是学养深厚的官员，还是目不识丁的普通老百姓，他们都是美妙的和精彩的。

艾伟德认识并熟悉了中国阳城的许多村社。圣人化民成俗，数千年的文明教化，中国的每一个地方，艾伟德足迹所至的每一个偏远山庄，风俗淳良，人心仁厚。

艾伟德爱上了中国，爱上了阳城，爱上了这儿的中国人。

爱，需要说得出来的理由吗？

艾伟德变得比以往更加虔诚，信仰更加坚定："既然主要我来中国传播福音，那我首先要成为一名中国人。"

她的入籍申请是否被及时批复下来,真的已经不再重要。

中国人是一个文化概念,与肤色无关。

艾伟德在递交入籍申请的一刻,她已经确信:我是一名中国人。

——于是,艾伟德在后来的抗战中,在这一场真正意义上的全民抗战中,义无反顾地与中国人民站在一起,她和几乎所有中国公民一道,共赴国难。

第五章　烽火硝烟

一

近代中国的几次崛起，都遭到了邻国日本的恶意狙击与阴险破坏。

中国有人留学东洋，学了几句日语，穿起和服，煞是扬扬自得。不遗余力鼓吹日本文化，恣意践踏华夏文明，仿佛已经脱胎换骨成了倭国臣民。

真正的政治家和有识之士，看穿了那个东邻小日本的岛民禀性狼子野心，比如山西的督军阎锡山。

阎锡山自辛亥革命之日起执政山西，政绩之突出，居全国之前列。他在山西推进的新型文明吏治、国民文化教育、乡村建设，包括现代军工企业建设，都取得了世人瞩目的成果。老辈人传言，当年的省府所在地太原，成为全省首善之区，达到夜不闭户的程度。

——巡夜的警官随便步入市民大院，用警棍敲敲窗户，唤醒熟睡的住户：谁家在院子里晾着毛毯啦！天色变了，落雨点啦！

当年，阎锡山推行"六政三事"，曾经提出几句通俗易懂的概括性宣传口号，是为："无山不种树，无田不水到，无人不当兵，无人不入校。"

中华乃文明礼仪之邦,其中第三条,"无人不当兵",当即受到文化人的质疑诟病。阎锡山曾留学日本,毕业于日本陆军士官学校,为第六期学员。他说:"自甲午战争之来,小日本亡我之心不死。中日之间必有一战。我们岂能没有任何防备?"

艾伟德来到中国,正处在中华民国所谓十年"黄金时期"。举国上下,奋发图强,积极推进当时的现代化建设。她被这个古老民族的魅力和新生的活力所深深吸引,她由衷地爱上了这个国家。

这个国度,无疑是古老的,但又是永远年轻的。

它是神秘的,又是可以亲近的。

它的人民,是哲理的,更是诗意的。

人们有着成熟的智慧,更有着淳朴的赤子之心。

艾伟德庆幸自己成为他们中的一员。在阳城这个世外桃源,她整日忙忙碌碌,虽然生活简朴,却也充实快乐。

农人在种地,妇女在纺绩;他们生活着,黄发垂髫,并怡然自乐。自然而然,没有谁强加给他们什么生活的意义。

艾伟德依然在经营客栈,开办孤儿院。她在传道,但已经不是刻意传道,传道化成了她的生活本身。

然而,战争爆发了。艾伟德万万没有想到,残酷的战争会再次让她置身于烽火硝烟。这次的战争,比她儿童时代在伦敦经历的一战更为血腥。

1938年初春的一个早晨,日寇的飞机突然出现在阳城大地的上空。

第五章 烽火硝烟

如今当地的老人们还能准确记得那是农历正月十七日，阳历2月21日。雷鸣般的轰响由远而近，两架日军战机飞临县城。这里的百姓大都没有见过飞机，轰鸣声引出了屋里的儿童与大人，都来仰头观看这神秘的怪物。老百姓过罢春节，正月十五闹元宵的节日狂欢刚刚落幕。夜来灯会的华灯尚在点缀了街市，烟花爆竹的飞屑还没有清扫。突然，飞机怪叫着俯冲而下，声响如雷，威力巨大的炸弹投向民居建筑，机枪扫射的弹雨泼向看热闹的人群。惊呼与哭喊，乍然迸发，杂乱交织在恐怖的爆炸声中。

轰炸机盘旋一周，再次从西北方俯冲而来。一枚炸弹呼啸着掠过北城墙，在六福客栈北面的一处房顶爆炸，当场有九人被炸死在屋里。另一枚炸弹在耶稣堂院的屋后爆炸。艾伟德和几名教友正在二楼房间祈祷，脚下的楼板在震颤中倾斜，她与教友们坠落在灰土瓦砾之中。

曾经见过艾伟德的武子仁，遭遇日军飞机轰炸阳城那一年，刚刚九岁。当天上午，武子仁正在邻家院里玩耍，突如其来的轰炸声震耳欲聋，街上的哭喊尖叫乱成一片。邻家大叔猛然将他搂住，按在院里的炉台角下。只听得屋上的瓦片哗啦哗啦地掉落，爆炸的气浪灼热滚烫。

——后来，隔了几年，武子仁偶然进入过一座已然废弃的院子。院里一片瓦砾，拐角处的木质楼梯还在。他沿着楼梯往上走了几步，就看到有一层东西不规则地紧贴在楼梯扶手与栏杆上。他不知道那是什么，好奇地用手去揭撕，感觉那东西还有韧性；紧接着他看到了隐隐变色的血迹，一股腥臭扑鼻而来。他立即意识到这或许是人皮，恐惧即刻淹没了他。他听见自己在尖叫，尖叫的声音扎耳扎耳……

还有那位璩鸿琪，日军飞机轰炸阳城时十岁。他家有两拨亲人在同

璩鸿琪向张石山讲述日军飞机轰炸阳城的惨状。

一天遭了难。

行后巷6号耶稣堂院北边，是璩鸿琪奶奶的娘家院子。他的大姑一家，也在这一带僦屋而居。大姑父名叫马洪毅，登上自家院子的西楼去看飞机，没料想一枚炸弹正好将西楼掀翻，马洪毅整个人被炸成了碎末，血肉皮骨飞溅在残垣断壁之上。场面极为瘆人。

璩家自祖上从襄垣迁来阳城，几代人经营饭店，在城里有几座大院。璩鸿琪的三叔一家住在后院，从天而降的炸弹，将他的三婶与三婶的一个女儿当场炸死。那个女孩已经十多岁，刚刚放了脚，梳着两条小辫儿，刘海下面的大眼睛扑闪扑闪。一个美丽的女孩，正在含苞欲放的生命之花，骤然凋谢……

自1937年卢沟桥七七事变爆发，中国进入全面抗战。太行山号称"华北屋脊"，山西向为抗击外来侵略之坚城。中国军队在晋东南部署了二十万兵力，誓死捍卫此战略制高点。阎锡山临危受命，担任第二战区司令长官，指挥了大同战役、平型关战役、忻口战役，节节抵抗。随后带领整个省府机关退守黄河一线，司令部驻地改名克难坡。共产党领导之下的红军，此时归属国军统一番号，改编为国民革命军第八路军，下辖第一一五、第一二〇、第一二九师三个师，全部进入山西，占领敌后，以图强大。山西抗战，不啻正是中华全民抗战的一个缩影。

直到1938年,日本侵略者方才打到山西南端的阳城,其"三个月灭亡中国"的狂妄叫嚣,彻底破灭。

日本侵略军训练有素,武器装备精良,其地面进攻往往有空军支援,掌控了整个战争的制空权。阳城三面环山,地形复杂,一面君临黄河,实属整个地区通往黄河的一条重要通道。日军轰炸机肆意投弹轰炸人口密集的县城居民区,恶毒地用机枪疯狂扫射四下奔逃的无辜生命。日本鬼子本非人类,兽行兽性,天怒人怨。

日军飞机第一次轰炸阳城,共投掷巨型炸弹二十四枚。县城内外,被炸弹损毁房屋上百间。炸弹与机枪扫射,共有二百七十多名无辜百姓死于非命。开福寺、东岳庙、城隍庙、魁星楼等庙宇古建,不同程度受损。

这儿,请容我们宕开一笔。

当二战接近尾声,美国人将用原子弹轰炸日本国土之前,中国的建筑学家梁思成大声疾呼,慨然建言:希望无论如何不要毁灭日本的京都、奈良,以保全文物古迹云云。

保全文物无可厚非,但我们不妨试问:当日寇的飞机在中国肆意轰炸,毁灭着无数文物古建筑的时候,日本的建筑学家可曾发过一言?

以掌控现代文明制高点而傲世的欧洲大国,在日本侵华之际,没有一国政府主持国际公理道义,给予侵略者以制裁哪怕仅仅是给予谴责。只要战火不是烧到自家头上,对德日法西斯一再怀柔纵容。

且问:这便是你们骄傲自豪的文明不成?

有一位英国小妇人艾伟德,值得中国人尊敬的英国传教士艾伟德,亲身经历、目睹了日军飞机的轰炸和日寇血腥屠杀的暴行。她没有沉默不语。她将自己的所见所闻所感，如实地提供给西方记者。

而且，艾伟德即刻义无反顾地投身于中华民族的全民抗战之中。

二

日军飞机轰炸阳城（李慧娟供图）。

东关遭到轰炸，六福客栈那面的老杨，安抚好受到惊吓的孩子们，连忙奔向耶稣堂院来看艾伟德。

好在艾伟德和几名教友只是坠落在瓦砾之中，大家已然挣扎出来，并无大碍。艾伟德知道了孤儿院的孩子个个安然无恙，连声谢天谢地。她顾不得满面灰土，即刻投入战地救护。

她找到平日常备的药箱，又和教友们将几条床单撕成布条绷带，先到行后巷挨炸的院落查看情况。璩家大姑父已然无救，院里哭声一片。艾伟德安慰了几句，无暇过分悲痛，带着教友们赶奔进城。顺着东门进了城，城内东西走向的大街上，伤员和尸体触目皆是。奄奄一息的伤者，横七竖八躺在当街。有人在啜泣呻吟，被压在砖石瓦砾中的生者在凄厉呼救。

——艾伟德在她的回忆录中这样写道：

第五章 烽火硝烟

整个镇上几百个人正濒临死亡,这是令人悲痛的,它是这场我们将一再所忍受其蹂躏之战争的可怕序幕。城里的人恍惚茫然,无法有效地做任何善后处理。有处理不完的工作:埋葬死人,安慰活人,照料伤患,寻找婴孩——他们很多出生不过数时或数日后便死亡。

街道周边商铺的掌柜和店员,一时手足无措。街面上奔来寻找亲人的男女,疯了似的狂喊乱跑。

在场的人当中,艾伟德是此前唯一经历过战争、见识过飞机炸弹将城市毁为废墟的人。一战期间,德国的飞机就轰炸过她的家乡伦敦。她亲眼看到自己的邻居,还有与自己开心游戏的小伙伴,惨死在炸弹爆裂的冲击波和硝烟里。

艾伟德当机立断,站在一家商铺的台阶上,开始大声喊话:"大家安静!安静!现在,我需要大家的帮助!"

有人当即认出这是耶稣堂院的艾教士,现场渐渐安静下来。

艾伟德快速给大家讲解了急救危重伤者的办法,将在场的人分了小组,给他们分配了各自的任务。

她说:"这满街躺着的都是我们的兄弟姐妹,每一个人都需要帮忙。让我们现在就开始工作!"

确认已经死亡者,搬运到一处,等候家人来认领;受伤者,先行止血包扎。人们有去烧热水的,有清理街道的,分头开始忙碌。有人提来一桶热水,艾伟德将仅有的一点高锰酸钾倒进水桶里,权当她的消炎药。艾伟德跪在一个又一个伤者身边,给他们紧急止血,包扎伤口。她的脸上布满灰尘和汗水，面对伤者惨不忍睹的伤口与痛苦的喊叫，泪水不时滴落下来。

"你还活着，很快会没事的。我来找人送你回家，明白吗？"

"你们抬这位大嫂回家，然后再回到这里来。咱们还有很多事情要做，听清楚了吗？"

——她的外衣上满是血迹，指挥口气坚定有力，说话频率很快，声音渐渐嘶哑……

与此同时，县长也已经和他的幕僚们定出紧急救援方案。临时组织的担架队和救护队，分头奔向被炸弹损毁的居民区和伤员最多的几条县城大街。巡警们全副武装开上街市维持秩序，特别在几个城门那儿加强警力，严防恐慌的市民争相奔逃出城而造成踩踏事故。科室文员拟出安民告示，四处张贴；庶务科派人登门督促中医伤科大夫，火速上街投入救人。县长还派出他的助手，代表县长前去拜访阳城县商会的正副会长、乡绅头面，通知午后到县衙会商赈灾事宜。

然后，县长一身正装，神情肃穆，端然出现在县城大街上。作为一县之长，他知道自己此时此刻务必要出现在公众面前，庄敬自重，以安定人心。同时，以此举宣示国民政府与老百姓之同心共体。

日寇侵华，蓄谋已久，七七事变哪里是什么某某士兵在北平宛平县走失，偶尔酿成。中国政府忍辱负重，图谋发展壮大，以免被武装到牙齿的日本军国主义一击而溃。争奈小东洋妄图称霸东亚，不容我中华崛起，倾其军力之大部突然袭击。中国军民奋起抵抗，到底是猝不及防。

仅以山西而言，北边大同失守，中央太原沦陷，南部临汾、运城包括晋东南的潞安、泽州亦被相继占领。铁路公路主要交通线上，城池尽失。中央军、地方部队以及八路军，或深入敌后或退守山区，守土抗敌，顽强不屈。

各县市民国政府机关，城池失陷者，则尽数撤退，绝不俯首称臣；凡未被攻克者，则顽强坚持，不离不弃。比如阳城，曾先后数次被日寇攻占，我军又几番夺回，县城数度易手。县长率领政府机关，守土有责，苦苦支撑。

日寇飞机轰炸县城，这样的战争灾难，这里的人们还是第一次遇到。像阳城这样城墙坚固的县城，在山西到处都是，大多数是明代筑造，后来加固整修。城墙上面可以并排跑几辆马车。这些城墙，曾经发挥过巨大的防守作用，但对于从天而降的炸弹来说，城墙不仅没有任何防护能力，而且还成了准确轰炸的目标。人们拥挤在城内无法快速逃散，因而死伤惨重。

县长亲自巡查街市，督促紧急救援，混乱的局面得到初步控制。他来到县城东大街一带，与正在指挥救人的艾伟德不期而遇。

县长至为欣慰，动情地说：“艾教士、艾督察，我料定你会在紧急救人的现场！"

艾伟德也说：“县长大人，我也料定你会来的！"

当天午后，在县衙大堂亦即县政府的办公大厅，召开了阳城各界重要人物参加的紧急会议。会上，成立了临时组织的救灾委员会。县长为首，艾伟德是重要成员之一。

县长大力表彰了艾伟德不顾个人安危、奋勇当先投身救灾的义举，并且声明要向上级政府报告，请求上级予以嘉奖。

县长分析眼前局势，日寇飞机轰炸，恐怕只是空中侦察，先期制造恐慌，必有更加凶残的后续军事行动。此次救灾赈灾工作之外，必须防患于未然，力求减少民众损失。

一则，要动员县城居民紧急疏散，投亲靠友。无亲友可投奔者，在座各位，当分头动员家族、亲族，予以帮忙。实在不愿疏散出城者，一一登记在册，以便政府心中有数。

一则，恐怕战事扩大，城乡民众多有死伤。偏僻山村，宜于设立救护点，以救治伤员，尽力减少人员损失。

这一条，艾伟德教士有组织能力、救治经验，请能具体负责指导。至于六福客栈孤儿们的安全问题，最好一并考虑转移。孤儿院所需资金、食物包括护理人员，除教友们襄助之外，东关村各位士绅，请能伸出援手，以解艾教士的后顾之忧。

当下这场劫难，县城死者甚众，伤员不少。大家还须再接再厉，鼓起余勇，迅速行动，以期尽快取得预期效果。

在救灾委员会的统一指挥下，县城官民连夜投入救灾行动。整个县城灯火闪亮，成了一座不夜城。

无论掩埋死者，还是救护伤者，血缘家族首先发挥了至关重要的作用。寒门小户，骤然遭此大难变故，丧葬费用、日后生计，都是问题。此类情况，有邻里出力相助，商会出资赈济。重伤之治疗，医家药铺，一律免费；残疾之救助，多有士绅解囊。

大家骨肉相连，同根共祖，国难当头，自当相互帮扶。有力出力，有钱出钱，"但行好事，莫问前程"。

城里原有所谓游民、闲汉，还有若干不知姓名来历的外地人、逃荒者，这些人不幸罹难，死者予以集体掩埋。县政府在城南一带拨出"义地",城里木作行割制些简陋棺木,免于蒿葬、暴尸荒野。佛寺庙宇的僧道两行,为之集体做了法事。

此类人中的伤者,则一律由救护点收容医治。

在血水和泪雨中,人们相互帮扶,彼此安慰。战争的苦难不曾打垮良知和德行,倒是激发了人们的互助精神和大爱情怀。

大家不知疲倦,不计利害,心灵在此时得以净化,人格在此刻得到提升。民胞物与,仁者爱人,古仁人之教诲,化作人们自觉的践行……

三

由于考虑日军可能随时前来攻打县城,除市民大部分疏散之外,县政府迁到离城不远的一个村庄。既可避敌锋芒,又能随时回城处置事务。包括监狱囚犯,也都迁出县城,集中到乡下另作关押。

日寇占领了潞安、泽州,逃避战乱的难民涌入阳城的也不少。县长守土有责、安民有责,也得抽出精力应对。坚持抗战,岂止是空喊口号那样简单。

艾伟德慨然领受了救护伤残的工作,自是尽心尽责,全力以赴。听从熟知县境山川地理的教友建议,首先选择了北柴庄作为救护安置点。这个偏僻的小山庄,离县城有三十多公里。莫说官道,便是离山野里的骡道还有好几里。人迹罕至,非常隐蔽。

北柴庄村子紧挨大山,山里有几个岩洞,十分宽敞。大的能容百十来人,而且冬暖夏凉。打扫出来,就地铺了麦秸谷草,伤员们就集中安置在这里。

有四十多名教友甘愿追随艾伟德来此参与护理伤员，有的教友兼而管顾自己的家庭，不辞劳苦两头奔忙；有的教友日夜厮守在救护点，甚至将家人发动了一道前来服务。至于贡献担架木料和衣物的、牲口驮来粮食瓜菜的，不一而足。

最是偏远的北柴庄，山民愈加淳朴厚道。村中长老倡导，几乎家家都拿出些粮食衣物以及锅盆碗灶。男人们帮着平整道路，割去山径两旁荆棘，参与搬动伤员，主动担来泉水。妇女们轮班前来，帮着切菜烧饭。

他们果然不知道什么上帝，没听过什么圣歌经文，更不晓得何为基督徒，但他们服膺人情天理，以助人为乐。自然而然，毫无造作。

艾伟德感慨万端。

1938年，民国政府首都南京失守，山西省的首府太原陷落，阳城县所属之泽州也被日寇占领。中国不得不以牺牲局部空间地域的办法，来换取抵抗到底的时间。那些忍痛放弃的城镇，成了日寇占领军刺刀下的人间地狱。

随着难民的涌入，日寇在潞安、泽州等地烧杀奸淫的暴行纷纷传来。听说了传教士艾伟德设立救助点的事实，渐渐有伤残者被送到北柴庄。甚至有些与部队失去了联络的伤病员，也被热心的老乡扶助而来。

艾伟德毫不犹疑，收容了这些伤残者。汇报县府以争取钱物支持，扩大征召、速成培训护理人员，艾伟德日夜操劳，忙得不亦乐乎。

还有六福客栈那里的孤儿们。那是艾伟德的孩子，这位异国的黄头发、蓝眼睛的母亲，牵肠挂肚，夜不成眠。不久，就在北柴庄，村民腾出一座最宽敞的院落，做了孤儿院。

老杨自然跟了来,照例全面管理孤儿院兼做饭。九毛十多岁了,变得更加懂事,带领大一些的孩子们协助老杨,刷碗筷、洗衣服,包括哄小孩睡觉。九毛甚至还学着艾伟德的样子,教小孩们读书认字。老杨说:"哈哈,九毛快成了个小艾伟德啦!"

看着成长起来的九毛,看着她可爱的孩子们,艾伟德心中漾起巨大的幸福感。那种幸福,从心底弥漫全身,又从全身回到内心。艾伟德日夜操劳,忘记了疲倦,服膺仁道献身人道主义,九死而无悔。

——艾伟德在她的回忆录中,曾经这样说道:

> 如此九毛就进入了我的生活,填补了那痛苦的孤独感。这里有个人是我可以爱、可以关心的——这个人因我的靠近而发亮。我帮她洗澡,喂养她,过了不久她就不一样了,而且是她令这个地方变得有如家一般。

在北柴庄,孩子们大体安顿下来,伤残者大都得到治疗和养护,艾伟德丝毫没有松懈。她像一个永远不会止歇的上帝的陀螺,不停地飞速旋转。

听了伤兵和逃难者言传的消息,艾伟德寝食难安:泽州、沁水、高平、陵川,日本鬼子占领了那些县份,那儿没有受难者吗?有没有人在帮助他们?既然上帝让我听知这样的消息,我就必须到那里。

当时,中国内地会的传教士们大多已经离开了他们在山西的教职岗位。这种情况的发生,说来事出有因。

日本自明治维新,脱亚入欧,转而学习西方。所谓船小好掉头,一朝改弦更张，进而富国强兵，迅速崛起。蕞尔小国，乃成世界之列强。甲午战争，昔日中央帝国败于小日本，割地赔款，丧权辱国。日本乃有称霸东亚、称雄世界之野心，蓄谋既久，祸心毕现。但所谓鬼子，最是险恶奸诈，其武力侵略中华，美其言曰是"要从欧洲殖民者手中解放中国"，以实现"大东亚共荣"。

对于日本悍然侵略中国，我们前面说过，当时西方列强并无一国出面主持公理正义，相反只是一味怀柔纵容，乐得隔岸观火。但小日本偏生不买账，侵入中国之后，对西方教会绝无宽忍。以山西地面而论，凡外国传教士，皆在驱赶之列。凡占领一处地方，外籍传教士都被强行押送到天津、青岛等港口，限期离境。

鉴于如此形势，泽州教区绝大部分传教士都奉召归国，离开了教职岗位。

教区负责人也曾劝导过艾伟德，尽管她不是中国内地会的正式在册传教士，出于安全考虑，最好还是和大家一道回英国去。这样的好意相劝，被艾伟德婉言谢绝了。她在一封从阳城寄回英国的家信里写道：

> 人生真是非常的可怜。死亡既是那么平常，灾祸和苦难也不算稀奇。不过，我却不愿意去到别处，别希望我离开这里，或者用任何方法要我离开。因为当中国人受苦的时候，我不愿意离开这个地方。他们是我的同胞，神已经将他们赐给我。我为神和神的荣耀，一定要和他们同生死、共患难到底。

没有离开泽州教区岗位的，还有教区主席戴维斯。可敬的司米德夫人不幸去世，中国内地会派戴维斯夫妇前来接替管理泽州教区。由于在泽州、阳城一带，日军和中央军尚在拉锯战之中，日军进进出出，到底不曾实现全面长期占领，戴维斯夫妇还没有被强行驱逐离境。但戴维斯对整个教区的情况不熟悉，他在泽州的处境，也比艾伟德困难许多。他已经被严密监控，基本上丧失了在整个教区行动的自由。

艾伟德的献身精神和卓越表现，在泽州教区为众多教友所公认。于是，戴维斯请示了上级，口头任命艾伟德为泽州教区代理主席，力求整个教区的传教工作不至于瘫痪。

艾伟德临危受命，更加积极投入人道主义救助难民和伤残者的行动。那段时间，她的活动范围从阳城扩大到了沁水、泽州以及陵川等地。

如同轰炸阳城一样，日寇的飞机残忍地轰炸了沁水县城和陵川县城。

艾伟德和几名教友首先赶往与阳城接壤的沁水。她的组织能力、救护常识，特别是在阳城救灾而取得的经验，发挥了巨大的作用。在沁水山区，在当地一位教友的家乡，经艾伟德和多方协调，共收容安置了二百多名伤员。他们绝大多数都得到了这位不知疲倦的艾教士的治疗和抚慰。

在沁水待了一个星期，这儿的救灾工作告一段落，艾伟德又跋山涉水数百里，赶往泽州东部的陵川。艾伟德再一次亲身经历、目睹了日寇灭绝人性的暴行。

在他们一行距离陵川县城三四里路的时候，空中突然响起飞机的轰鸣声，鬼子的轰炸机从头顶呼啸而过。大家的心立即提到了嗓子眼儿。

紧接着，县城那边传来了沉闷的爆炸声。艾伟德和教友们心急火燎赶到城里，这儿已然一片火海。看着眼前的人间惨象，艾伟德的心在滴血。她唯有日夜拼命投入救灾工作，才能多少减缓那锥心的痛楚。

和阳城以及沁水一样，城里侥幸劫后余生的民众，开始纷纷逃离县城。艾伟德和教友们抬着伤员，随同逃难的人流走出城门，他们的目的地还是深山里的偏僻山庄。无辜的受害者，呼天不应，叫地不灵，唯有希冀太行山的怀抱能够掩藏他们，能够帮助大家熬过不知哪年哪月才能到头的苦难岁月。

令人万万想不到的是，灭绝人性的日本鬼子的飞机竟然向逃难的人群开了火。炸弹从天而降，机枪疯狂扫射。顷刻，耳边充斥着凄厉的嘶喊，眼里是惨绝人寰的地狱景象。

人们四散奔逃，有的往回跑，想要躲在城门洞里，而城里惊恐的人群要逃出县城，城门那儿拥挤不堪，乱成一团。

《小妇人》一书详尽地记录了这地狱般恐怖的场面：

> 田野里躺着死去的马匹，死去的男人、女人和小孩。伤口流着鲜血，叫声、哭声以及痛苦的呻吟声此起彼伏。被炸坏的物品散落一地，马匹要么跛行着，要么在这个噩梦一样的地方狂奔。……沿着成堆的死尸往回看，城门那里已陷入一片混乱。马和人的尸体堆积起来，挡住了出口。在城里，人们叫喊着，拼命往外拥挤着……

疲惫不堪、痛苦万分的艾伟德回到泽州，见到了戴维斯夫妇。

对于日军的暴行、对于中国人所经受的苦难,戴维斯岂能无动于衷。在极度困难的条件下,他们夫妇也收容了泽州本地难民和孤儿二百余名,分住男女两院,管理井然。

戴维斯告诫艾伟德,作为教会本身、作为传教士,一定要保持中立。如此,才不致激恼日本人,才能坚持下去,也才能继续开展人道主义救助工作。

"中立",多么美妙的词语啊!是不偏不倚,貌似公正?还是事不关己,听之任之呢?艾伟德不能领会,正如别人也早已无法领会艾伟德此时的中国心。

就在艾伟德与戴维斯夫妇相处的短短几天内,发生了日军士兵擅闯教会女院的严重事件。一队喝醉酒的日军士兵,踹门直进,要欺负这里的女人和未成年的小女孩。艾伟德奋不顾身保护这些惊恐无助的女子,痛斥日寇的禽兽行径。日军士兵用枪托猛击艾伟德的头部,勇敢的小妇人血流满面而绝不退缩。她带领全体女人跪地祈祷,祷告的声浪滚滚如雷,响彻夜空。日军士兵面面相觑,悻悻离去。

"中立",让它回到它应该待着的地方去吧!它不属于已经认定中国是祖国的艾伟德。

四

到阳历4月,传统的清明节上坟祭祀活动刚刚过去。死难者尸骨未寒,伤残者创痕尚在。县城里几乎是家家挂孝,县城外鳞次栉比的坟包

20世纪30年代阳城东关旧街。

前哭声哀哀。

就在清明过后不多天，万恶的日本军队突然攻打了阳城县城。日寇一个步兵中队攻入城中，再次造成了直接屠杀无辜市民数百人的血腥惨案。

日军攻打阳城，关于起因有两种说法、两个版本：一个版本为，县境内有一支共产党领导的游击队到处活动。1938年4月的某一天，游击队在县城边袭击了日军，因之招来了敌人的残酷报复。

经历过那场大屠杀的老人们传言，有一支日军骑兵在城外不远处的河滩里洗澡刷马，距城墙也就百十丈。游击队在城墙上对着日本鬼子开了枪，日本鬼子骑着马仓皇跑了。傍晚时分，他们搬来了救兵，在西门外向城里开炮轰击，然后攻进了城里来。

另一个版本说得要准确一点。国民革命军第二十四军孙殿英部，下辖一支冀察游击队。1938年4月14日，游击队路经县城西关一带，正好撞上一队日军在河滩歇息。敌我交错区嘛，这应该是一场遭遇战。游击队突然开火，打死了几个鬼子。日军仓皇逃窜，游击队也离开了阳城。到第二天傍晚，日军纠集大部队前来报复，攻进阳城进行了灭绝人性的疯狂屠杀。

究竟采用哪种版本？哪种说法更可信？大可不必胶柱鼓瑟，过分纠缠。我们知道的铁定事实是，当日寇侵略者一旦遭到中国军队的抵抗，就要大肆报复，而且往往要殃及无辜的平民百姓，以宣示武力威慑，以造成恐怖气氛。你不肯当亡国奴，我就要从肉体上消灭你。这是侵略者奉行的最为可耻霸道的强盗逻辑。

艾伟德实施人道主义救助行动，不顾个人安危，寻常奔走于县城和乡野之间。她几乎是在千钧一发的危急关头，侥幸躲过了日寇的这场大屠杀。

那天，艾伟德独自赶回县城，要从耶稣堂院取一些急用的物品。当时，由于战争，骡道断绝，六福客栈早已停止了大规模营业，孤儿们也转移到了北柴庄，空院子托靠王二嫂代为照看。万一有老客户投宿，不讲什么价钱了，给行路人一点方便就是。艾伟德还得看看客栈大院的情形，给王二嫂留一点花销费用。没想到傍晚时分，枪声突然响起，而且相当密集。艾伟德当机立断，即便疲惫异常，也不能在这儿过夜了，必须马上离开险地。

枪声在县城西关那面响起，出城避难的人群都往东边方向而来。但北柴庄在县境西北部，艾伟德不得不绕过城墙，向西而去。其时，日军和我方游击队尚在城西交火，艾伟德伏倒身姿避开枪弹，差不多在田地沟垄爬行了上千米，方才逃离火线。

——大概就是那次，艾韦德的背部受了枪伤，留下了终身的伤疤。也有一说，艾伟德是在准备带领孤儿出走的前夜，离开泽州回阳城的时候，遭到了日寇的狙击而负伤的。

艾伟德连夜回到北柴庄，每天都要派人去阳城打探消息。但愿那天的战事，不要殃及普通老百姓。谁知几天后，传来的竟是鬼子屠城的噩耗！艾伟德痛心疾首，带领忠实跟随她的教友们，日夜兼程赶回县城。

沿途，不时有从县城方向过来的人们讲述城里的惨状。越是临近县城，传出的消息更多也更加令人恐怖。

关于那场日寇灭绝人性的大屠杀，武子仁保有极其惨烈的记忆。那时，他家自日寇首次轰炸之后，已经逃离县城，在离城五里地的一个乡村避难。他亲眼所见，有村民从野外抬回一个腿部受了枪伤的人。那人浑身是血，有认识的大人讲，那是一位在城里做买卖的商人。村里有一位伤科中医叫王殿元，给伤者进行了治疗。那商人讲，鬼子先是用机枪封锁了城门，然后向城里开炮，连续轰击有好几个钟点。夜饭之后，鬼子兵冲进县城疯狂杀人。刺刀乱挑，机枪扫射，老人小孩都不放过。他被刺刀扎伤，倒在了死人堆里，后来好不容易从城墙根儿的排水道才爬了出来。

县政府转移到离城不远的乡间，更是关注城中情况。听说日本鬼子屠城之后离去了，县长连忙率领全体随员赶回县城救人。留在城里的居民住户已然不多，不过几百户，鬼子这次屠杀，几乎将所有户数杀绝。城内见不到几个活人，伤员也非常少，鬼子兵分明是蓄意屠杀，要将全城百姓赶尽杀绝。经粗略统计，鬼子兵这次攻入县城，共杀害居民七百多人。

面对没有任何抵抗能力的平民、妇孺老人，已非人类的日本鬼子种种杀人手段令人发指。

有人躲进厕所，鬼子用刺刀将人挑入粪坑，然后枪杀。仅一处茅厕坑池中，就杀死六人。

兽兵到处搜寻妇女，凡落入魔掌者，一律先奸后杀，无一幸免。他们从哺乳期母亲的怀里夺走婴儿，当着母亲的面将孩子插在刺刀尖上，在孩子的哭喊声中轮奸那女人，然后割去她的乳房，剖开她的肚子。

人们躲到东岳庙、开福寺等神庙避难，鬼子将这些宗教圣地统统变成了集中杀人的屠场。仅城隍庙的一处地道，鬼子投入手榴弹和炸药包，炸死了几十人。

艾伟德匆匆赶回县城，她所看到的景象比在陵川所见有过之而无不及。她已经生活了八年的这座城市，她深深爱上的第二故乡，那简直是童话书中才有的东方城堡，那可爱优雅、文明气息氤氲的古城，变成了一座地狱鬼城。

到处是坍塌的房屋，被炮弹击穿的屋顶随处可见。大街上，血浆已经黏稠，流淌凝结成恐怖的图案。奇形怪状的尸体横七竖八，有的手臂指向天空，似乎在向这个世界询问着什么；有的瞪着双眼，死不瞑目。在被炮火掀掉房顶而露出的白色墙壁上，溅满了血肉碎末……

艾伟德见到县长的时候，县长已经两天一夜没有合眼。这位地方长官，眼珠布满血丝，满面倦容，神情戚然。两位熟识的老朋友此时此刻见面，相对无言。

艾伟德先伸出手去，指尖冰冷，微微颤抖；县长紧紧握住艾伟德的手，掌心传过来的温度，一阵暖热，直达心田。

在那一瞬间，这位坚强的英国小妇人几乎就要情绪失控，禁不住想要放肆地大哭一场！

是县长那庄敬蕴藉的气度和沉毅深涵的眼神，无形中给了艾伟德力量。从县长的眼神中，艾伟德读出了痛苦与悲悯，也读出了坚毅和不屈。但，没有恐惧，没有软弱，更没有乞哀告怜，没有绝望和颓唐。

这个国家、这个民族、这些人，创造了太多的辉煌，也经历了太多的苦难。他们无比强韧，他们生生不息，像参天大树，枝繁叶茂，铜枝铁干；像滚滚江河，滔滔汩汩，万古奔腾；像崛立的太行山；像苍莽的黄土高原，他们就是山脉，他们就是大地。

一个声音来自天国，分明又发自艾伟德的内心，那声音说："我会和他们在一起，一起生，一起死，我不会放弃他们，就像皮肤不会离开身体一样，就像血液原本流淌在血管里一样。"

艾伟德带领教友们，和政府组织的各路队伍一道，参加到夜以继日的应急工作中来。

需要清理水井，清洁水源；需要挖掘尸体，辨明身份，然后予以掩埋安葬；需要清除血迹，整洁街道。

县长说："阳城，是我们的家园。我们也许暂时无力重建这座城市，但我们绝不能让它变成一个坟场！"

清明谷雨过后，接着是立夏小满。

有两件大事，无论如何不得马虎延误。

一件，是春耕下种。农耕文明，古来最讲"不违农时"。人误地一时，地误人一年。农人要好生种地，多打粮食。依法缴纳公粮之外，力争多多售卖余粮。将士们在火线浴血奋战，说下天来不能让我们的子弟兵饿肚子。

一件，大战过后，必有瘟疫。天气转暖，地气升腾，万一有瘟疫流行，后果不堪设想。

请名老中医开列古来验方，中药铺贡献药材，在县城各大要道和几个城门附近，支起大锅熬制汤药。居民行人，务必人人饮用。

凡日寇杀人之地，血液浸入土壤，要多多铺撒石灰，古法消毒。县城外的河滩上，多有青石，就地建起石灰窑，大量烧制生石灰。河滩一带，白日青烟袅袅，夜来火光熊熊。

处置日寇屠场之善后，终于告一段落。县政府召集各界代表，在县衙大堂召开了茶话会。阎锡山主政山西，最讲廉政，严禁奢靡。抗战以来，国难当头，各地政府更是减缩用度。种种重要会议，略备清茶一杯。

县长首先介绍了当前形势。由于中央军、本省地方军包括八路军的坚决抵抗，日寇到底没有全部占领我晋东南。鬼子几番攻入阳城，毕竟没有力量长期占领。我中国固然一时无法战胜日寇，但中国绝不会亡国。持久抗战之局面已成，我们唯有咬紧牙关，苦苦支撑。国际局势或有变数，我中华一国一族对抗小日本的局面或有改观。

说到国际局势，县长满面肃然："欧美各国，号称民主自由博爱。英法联军火焚圆明园，八国联军进京，国人记忆犹新。远者不论，当今日寇侵华，践踏国际公理，西方大国何尝主持公理正义？对日寇何尝有过一句谴责？好在，全人类人心相通，有西方传教士包括西方报刊记者文人，同情我中国人民。在座便有其中最为突出的艾伟德女士。"

说到这里，县长亲切地看看坐在近侧的艾伟德，特别加重了语气，给予最诚挚的肯定与表彰："艾教士的无私奉献精神、博大的仁爱胸怀，对我中国民众、对阳城老百姓的种种帮助，实乃全力以赴，是为竭心尽智。她给大英帝国挽回了一点儿面皮，给英国人民争得了一分荣耀！"

最后，县长特别说道："我们尊敬的艾教士，已经申请加入我中国国籍。只是战事紧迫，政务院内政部尚未批复下来。但我相信，艾教士在她的心里早已把自己当成了一名中国人,当成了我们阳城人;我相信,在座诸位,也早已把艾教士当成了我们自己人。艾教士和我们大家一道,共赴国难!"

当时,地处偏远县城的人们还不习惯鼓掌,而在此刻,有县长带头,政府属员响应,县衙大堂响起了经久不息的掌声。

五

此时的艾伟德能够讲说一口带着阳城地方口音的中国话,足以听得懂泽州话、陵川话以及沁水话。她和当地官民用中国话交流,早已不存在任何障碍。讲说汉语,对她而言,甚至比讲说她的母语英语还要流畅。然而,当她听到"共赴国难"这四个字,还是不由得被汉语的精练和深涵深深地打动了。

两年来,她还真是没有仔细慎重地考虑过自己在这场战争中的立场问题。"共赴国难",四个字,有如醍醐灌顶,令艾伟德猛醒。县长说得太好、太对了。尽管我的入籍申请还没有被批准,难道我会因此而认为我现在便不是一名中国人吗?

中国人,他们是我的同胞。我的同胞在受难,我的同胞在决死抗争。难道不是这样的吗?

被深深触动的艾伟德陷入了沉思。她痛恨战争,仇恨禽兽不如的日本军人;她夜以继日不知疲倦地投入救助受难者的工作。但仅仅这样就够了吗?事实上,她还只是作为一名"他者"在帮助中国人。

县长的话,引导着她,激励着她,使艾伟德热血翻涌。

第五章 烽火硝烟

我要和我的同胞们共赴国难,投入这场决死抗争。就是现在,立刻,马上!

自此,艾伟德在中国抗战中,不再依从教会的告诫奉行中立,而是一举转变为积极主动抗日的立场。

自此,传播福音的高度热情和作为一名中国国民的爱国激情,在艾伟德身上融为一体。她成为一名视中国为祖国的自觉而坚定的爱国主义者,她要为祖国而战。

在这种全新的信念支撑下,艾伟德有了新的工作目标。利用自己的特殊身份,艾伟德不仅在敌我交错区穿梭行走,甚至冒着风险出没于日寇占领区。她一如既往地帮助难民和难童们,与此同时开始有意识地收集敌军情报。

由于出任禁足督察的独特经历,艾伟德甚至比阳城本地人还要熟悉整个县境的地理山川。由于泽州教区代理主席的身份,艾伟德寻常在附近几个县活动。无论在哪里,只要发现了日军,艾伟德都会暗中进行侦察,竭力弄清日军的所在位置、部队番号乃至人员数量和火力配备。一旦掌握了日军情报,艾伟德会尽快设法通知中国军队。

开始,她的情报通过县长这条渠道向上反映。过了不久,她的身份和她提供情报的准确性,受到国军情报部门的高度重视。驻扎在泽州地区的国军指挥部,专门派出一名情报官和艾伟德单线联系。基于国军和八路军游击队联合抗日,艾伟德的情报,有时便是双方共享。于是,在国共两党所领导的部队里,渐渐都知道了艾伟德的名字和她的传奇事迹。一名英国传教士,一个独身女人,不顾安危,不怕牺牲,冒生死、排万难,穿越敌人的封锁线,深入敌占区,为我军收集情报。她的情报，起到了极其宝贵的作用。

不久，受到几次精确伏击的日寇，也渐渐开始怀疑这个小个子英国传教士。艾伟德上了敌人的通缉名单。

事隔多年，回到英国的艾伟德在回忆当年的时候，曾经直言不讳自豪地声称：

> 我常常提供敌人动向的消息，我想我是一名间谍。但我是中国人，日本人是我们的敌人。他们侵略我们国家，搅乱我们的生活并残酷杀害我们的朋友。我别无选择。

艾伟德受到日本军部通缉，当然还有别的原因。那就是对于日寇骇人听闻的残暴罪行，艾伟德拒绝沉默。当有国外的记者前来山西调查战争真相，了解日本法西斯实施了哪些暴行时，艾伟德将自己的所见所闻、所知所感如实地提供给了他们。

其中，造成影响最大的是她在泽州接受了美国《时代》周刊记者的访问。该杂志创办人鲁斯，是著名的美国长老会宣教士鲁思义的儿子，极为同情中国在日本法西斯屠刀下的遭遇。七七事变之后，这些当时在西方影响巨大的媒体，秉持人道主义立场，突破日寇的严密封锁，大量如实报道了发生在中国的战争真相。这些报道，揭露了日本法西斯的本来面目，引发了西方社会对这场战争的巨大关注。众所周知，志愿者们自发组织的医疗队包括美国著名的飞虎队援华参战，都与上述报道有着极大的关系。

美国《时代》周刊记者白修德，为美籍犹太人，哈佛大学历史系毕业。在二战期间，担任美国《时代》《生活》两家杂志驻中国特派员。数年间，他大胆进入战区采访拍照，向美国发回了大量的现场新闻报道。

白修德几经曲折，找到在教区四处游走活动的艾伟德，对她进行了采访。艾伟德知道，说出真相将意味着什么，但她再也无法隐忍，再也不能沉默。于是，将她看到的所有真相详尽以告。

白修德就此写成的长篇报道于《时代》周刊发表之后，在西方社会引发了巨大震动。

日本侵略者犯下了无数令人发指的战争罪行，却又以中国的"解放者"自居。看到这样揭示真相的报道，日本侵略者极为恼怒，抓紧了通缉抓捕艾伟德的行动。

国军本战区司令部得知消息，曾派人紧急通告艾伟德，劝她随同部队转移隐蔽，但艾伟德婉言谢绝了这番好意。她不能离开泽州教区，这里是她的战斗岗位。她甚至让来人向战区指挥官转达她的誓言："基督徒永不撤退！"

而情况迅速恶化，危险迫在眉睫。一个深夜，国军情报部门来人，向艾伟德展示了日本军部的一纸通缉令。四处张贴的通缉令，悬赏这位英国小妇人的人头，上面赫然写着这样恐怖的字样："任何人杀死艾伟德，奖赏大洋一百元！"

怎么办？走，还是不走？成了一个迫在眉睫的问题。

第六章　千里走传奇

一

在看到那纸通缉令的当儿，艾伟德不动神色，静默了几分钟。在这几分钟里，艾伟德的思绪左右盘桓，百转千回。最终，她想好了，她决定了。她要离开这儿，离开阳城，带着她的孩子们远走高飞。

事后回想，这简直就是一个伟大的决定。

艾伟德曾经当众说过，她不会离开自己的岗位，不会离开泽州教区。这儿是有危险，但留在这儿，是她发自内心的选择。她早已自认是一名中国人，她要和自己的同胞并肩战斗，同生共死。想想那些浴血奋战的将士们吧，看看那些生于斯长于斯的老百姓吧。军队会有一时退却，但他们不会逃跑；老百姓会有暂时的躲避，但他们不会抛弃自己的故土家园。选择离开，而不是共赴国难，还有什么资格自称是一名中国人呢？

坚持传教，坚持救助难民，包括继续从事间谍活动，当然有危险，但这是命定的。与侵略者搏战，原本就是你死我活，有志者九死而无悔。艾伟德甚至设想过落入敌手的情景。假如面临那样的考验，自己将

第六章 千里走传奇

从容赴死。断不会有损于一名英国传教士的风度，更不会有损于一名中国人的尊严。

然而，自己死不足惜，那些可爱的孩子们怎么办？

想到孩子们，艾伟德的心骤然紧缩起来，像一匹面临强敌要保护自己孩子的母兽，每一根防卫的神经都绷紧了。

孩子们在北柴庄待了好长时间，那儿偏僻闭塞，相对安全。但是，除了养护孩子们，还要顾及救助难民和伤残者，食物严重短缺。短期躲避尚可坚持，时间长了，后勤供应遇到极大困难。听说日本鬼子撤离了县城，艾伟德和老杨也曾带领一部分年龄较大的孩子回过六福客栈。这里，解决食物问题，包括雇用看护人员，都要方便许多。但鬼子出动前来骚扰攻打的消息此起彼伏，孩子们一夜数惊，不得安生。

而且，孤儿当中的女孩有的已经到了青春发育期。万一鬼子兽性发作，后果将不堪设想。忆及在泽州教会女院那一晚的险情，艾伟德浑身毛孔张开，冷汗涔涔而下。

退一万步讲，孤儿们都能有饭可吃，不至于饿死，人身安全也暂有保障，但他们的教育成长呢？原本，教会收养了孤儿，对于这些"上帝的孩子"，一般都要负责随后连带的教育问题。孩子们将会被送进教会学校，读书认字，成长为社会的有用人才。如今，传教士们或被驱逐，或选择了回国避难，教会种种事业已经陷于瘫痪状态。孩子们生命安全之余，他们的前途怎么办？以艾伟德一己之力，即便她有三头六臂，哪怕她有永不衰竭的旺盛精力，都难以解决如此庞大的系统性问题。

艾伟德决定离开阳城，带领孩子们去往中国的大后方。

她敏锐的直觉告诉她，一旦决定了，就要马上行动，刻不容缓。

——事实上，在艾伟德离开阳城不久，美国《时代》周刊登载了白修德的长篇报道，教区主席戴维斯随即遭到日寇抓捕。艾伟德远走高飞，日寇悬赏捉拿报复泄愤的计划破产，迁怒于戴维斯。戴维斯被控间谍罪，关进了集中营。

如果艾伟德坚持不走，那么首先被抓起来甚至被杀害的会是艾伟德。那样的话，戴维斯会逃过被抓捕的劫难吗？这样想，我们就太善良、太天真了。对于日寇这样的法西斯禽兽，任何反人类、反人道的非人行径，只有你想不到的，没有他们干不出来的。艾伟德作为泽州教区下辖阳城教区主管，她的所作所为，如有舛错，教区主席戴维斯都有责任。但艾伟德仅仅是向媒体披露了在战争中的真实见闻，日寇便要通缉艾伟德并且株连戴维斯，这是不折不扣的强盗逻辑。我可以随意杀人放火，你们不得说出真相。

欲加之罪，何患无辞。戴维斯严守中立，但没能躲过日寇的魔爪。

他来山西不久，在泽州教区做了力所能及的传教工作；他救助难民、收养难童，尽力而为做出了显著的人道主义贡献。山西人民当永远记得这位戴维斯先生。

艾伟德只是没有过分执愚颟顸，她开始懂得权变，灵光乍现，有如神明附体。

> 耶和华说："夏琐的居民哪，快逃走吧！要逃奔远方，住在深密处。因为巴比伦王尼布甲尼撒设计谋害你们，起意攻击你们。"

她自幼熟读的《圣经》中的句子在耳际鸣响。

走，还是不走？仿佛是神的暗示，最后推了她一把，让艾伟德迈开了在十字路口踟蹰的双腿。

她是一个自己把控自己命运的人。一旦做了抉择，则义无反顾，一往无前。在离开伦敦独自踏上来中国的旅途时，就是这样。如今时隔十年，经过了烽火硝烟的洗礼，她变得更加勇敢果断。

二

1939年，艾伟德就任泽州教区代理主席的时候，这儿的宣教站已经收容了近二百名孤儿。除了历年因灾荒逃难弃婴等原因出现的孤儿，后来大量的孩子都是战争孤儿。

日寇悍然发动侵华战争，造成了传教士的成批撤离。艾伟德和戴维斯不堪重负，捉襟见肘。

这年冬天，听从了战区指挥官的建议，艾伟德写信向蒋介石的夫人宋美龄求助。当时，蒋夫人在重庆担任战时孤儿保育会理事长。据说在大后方，在陕西省的省会西安，有蒋夫人创办的孤儿院，专门收留各地的战争孤儿。

蒋夫人很快给艾伟德热情复信。信中说，如果能够将孤儿安全送抵西安，我们将会收容并有专人照顾那些孩子。

于是，经戴维斯和艾伟德决策，泽州宣教站派出晋本光负责，还有卢姓教友等人，先期护送第一批孤儿近百名前往西安。预计往返行程大约需要一个月。待熟悉旅途并知晓西安孤儿院的收容条件之后，再护送下一批孤儿出发。

谁料几位教友竟一去不返。原来，负责回来报信的卢姓教友在途中遭遇日军，被残忍杀害。

日寇再次大举进犯泽州兵临城下，艾伟德主动提议，暂时将这里的孤儿难童转移到六福客栈。戴维斯概无不允。就是在这一时刻，艾伟德遭到了日军通缉。

如此，泽州和阳城两处的难童，加起来数量超过了百人。

艾伟德决定离开阳城，就是要带领所有这些孩子一道去往西安。

其时，在1940年的春天。

首先，艾伟德将行动计划告知了孩子们。

即将离开生活了十年的阳城，艾伟德心情复杂，难以描摹。没有车辆，没有骡马代步，要带领一百多名孤儿跋涉千里去往西安，前途之艰险，难以逆料。但艾伟德作为所有这些孤儿的母亲，她没有显露一丝难色，而是兴致勃勃地宣布了一个好消息："我的孩子们，我们要去大城市西安啦！那里没有日军飞机的轰炸，还有比我们六福客栈更好的大院子。到了那里，大家都有新衣服穿，还能上学读书。男孩子学习打网球，女孩子学习弹钢琴。让我们愉快地收拾我们的行装，做一次长途旅行吧！"

老杨上了年岁，势不能随同艾伟德一道行动了。孩子们要走了，相处了整整十年的艾伟德要离开阳城了。老杨舍不得艾伟德，复又担心这一路的艰险，不知说些什么好。唯有下手帮着大伙儿整备行装，尽量给大家伙儿做几顿可口的饭食。

王二嫂和东关村的女人们，早已唏嘘不已。她们不知道那西安到底在哪里，到底有多远。她们平生见过的最大城市，不过就是这座县城。她们只知道：孤儿们当中，最大的不过十六岁，最小的才三四岁。艾伟德，一个女人家，竟然就要带领这百十号小人儿出远门。万恶的日本鬼子呀！你们就是不叫人过安生日子呀！

艾伟德和姐妹们一一道别。她没有时间悲伤，她不能显出丝毫的动摇与软弱。

这样重大的一次行动，她得做好一切准备，特别是心理准备。

这期间，有不少好心人替艾伟德发愁，一再好言规劝：

"艾教士，不能想想别的办法啦？"

"艾先生，说事容易做事难。带着这么一群小毛猴子，这个，你可得想好呀！"

艾伟德平静地反问："如果日本军队再次逼近阳城，轰炸阳城，打进阳城，怎么办？你们还有别的好办法吗？"

人们摇头叹息一回，渐渐走散。

对了，她还必须去告知县长。她要带着这些孩子远走高飞，恐怕一时不能协助县长参与本地的救助工作了。

县长已经风闻这一消息。当见到艾伟德，传言被证实之后，县长坦率承认："当下局面，也只好如此了。"只要能够带领孩子们安全到达西安，孩子们再也不用担惊受怕，绝对胜于留在阳城整日战战兢兢，命悬一线。前些年的良好合作，这几年来的共赴国难，艾伟德和县长之间，建立起了非同一般的信任和友谊。但战乱关头，救亡图存高于一切，哪里是倾诉离情别苦的时候。

县长只是细细询问了艾伟德的准备情况，看政府方面能否襄助一臂之力。中国的事，成了艾韦德的事；艾韦德的事，难道不是我们的事吗？

听说只有个把教友甘愿陪艾韦德前去西安，县长觉得带领这样一支队伍，人手颇为不足。百十个孩子，沿途需分作几组来管理。以每组三十人计，各组至少需要一名成人负责。于是，县长当即令下属马上去物色雇用当地扎实可靠的人员。

当然，除了不怕冒险犯难，他们最好还得是熟悉这一带地理环境的人。若是带过骡队的把式，更好。这些人寻常行走于乡野草莽，穿山度岭不在话下。

千里行程，孩子们一概步行，估计路上至少要走二十天出头。这么多人，途中吃什么？这是必须首要考虑的大问题。尽数带上干粮，不可能。带些米面粮食，也不可能带足百十号人个把月的口粮。

县长临时决定，另外派出几名挑夫，挑上几百斤米面，让他们一直护送孤儿们到阳城边境。到那时，估计米面也就消耗得差不多了。从山西南端下去，到达河南、陕西地面，但愿沿途能够得到当地政府和百姓的资助。

最后，县长交给艾韦德一张当年绘制的简易地图，向她一一指明本地山脉河流、沿途村镇。从阳城下河南，本来有官道、有骡道。但日寇与我军在这一带不时交战，敌占区与我方根据地犬牙交错。交通要道，乃敌我双方之必争。必须避开大路坦途，无论如何不能走到日寇占领区去！那样的话，简直是太危险了！

所以，县长建议，离开县城，只能一路奔西南方向。从阳城斜刺里过去到晋南的垣曲，这一带都是人迹罕至的大山。行路固然要几倍艰难，但不会遭遇鬼子。翻越大山之后，就能看见黄河了。那也就该离开山西地面啦！

县长不厌其烦，再三叮咛嘱咐。看那情势，真个是恨不得以身相代！

告辞的时候，艾伟德又有了那种冲动：想要扑进这位地方长官、这位士君子的怀里，来一个西方式的紧紧拥抱。

然而，他们只是礼貌地握手道别。

四目相视，一切尽在不言中。

——县长由衷地佩服艾伟德的爱心与勇气。对于艾伟德这次行动，多有实际的帮助和恰当的建议。一地最高长官，自是责无旁贷。若干年之后，众多的记者作家们，包括写出《小妇人》一书的伯格斯，在追述艾伟德这段千里传奇之路的时候，大都没有考究清楚这位县长姓甚名谁。

也许，他们并非有意忽略，他们只是进行了必要的艺术剪裁。

《震撼世界的六福客栈》一书的编著者林云，曾经查阅《阳城县志》等诸多史料，查知从1930年到1940年，在阳城就职的民国政府县长曾有十二位。

前文所述，艾伟德开始收容孤儿，并因此结识县长从而出任政府的禁足督察，这位县长是山西籍洪洞人张书榜，而艾伟德带领孤儿们离开阳城的时候，此时的县长是浙江籍的李英樵。

我们应当记住他们。

历史不该屏蔽艾伟德，也不应该屏蔽这几位值得尊敬的民国政府官员。

三

在英文版《小妇人》的尾声部分，伯格斯详细记录了他在伦敦首次拜访艾伟德时的情景：

"可不管怎样，我敢肯定，"我对她说，"你在中国生活了二十年，一定有许多不同寻常的经历。"

"那倒是有的，"她笑着说，"不过我相信人们不会对这件事有兴趣的，况且也没发生过什么特别激动人心的事。"

我们就这样至少交谈了十五分钟，她才承认她曾带着一些孩子走过山区。

余下的谈话就这样平静地继续着。我永远不会忘记这段谈话的每一个字。

"你们一直在翻山越岭？在哪儿？"

"在中国北部的山西，我们从阳城经过山区去西安。"

"哦，我明白。你们走了多久？"

"差不多一个月的时间。"

"你们有多少钱？"

"钱？教会和我个人，一分钱也没有。"

"哦，明白了。那你们怎么吃饭？自己带食物了吗？"

"当地的官员给了我们两筐小米，但很快就吃完了。"

"明白了。你总共带着多少个孩子？"

"一百多个。"

伯格斯一直在礼节性地回答说"明白了"，然后再提出下一个问题。但在那时，他对艾伟德当年的壮举还不甚了了之至，说不上什么"明白"。因为他对艾伟德的访谈才刚刚开始，但敏锐的伯格斯紧紧抓住了这一题材。他要穷追不舍，深度开掘。

有一点他明白了——"这是一个伟大故事的开始"。

作为一名基督徒，作为深受中国文化熏染的艾伟德，始终保持着谦逊的品格。在战争中，在极其艰险的情况下，她从战火中带领百余名孤儿跋涉千里抵达安全的地方。她竟然做到了。而只要做到了，艾伟德就心满意足，倍感欣慰。任何曾经的艰难困苦，已然不在话下。

"没发生过什么特别激动人心的事。"她说得那样平静、那样恬然，她是那样谦逊、那样淡定。

遥想当年，那是一次怎样不同寻常的长途跋涉啊！

在《小妇人》一书的扉页上，是一张占了两个页码的淡红色路线示意图。示意图上端，标出了艾伟德从伦敦来中国的旅

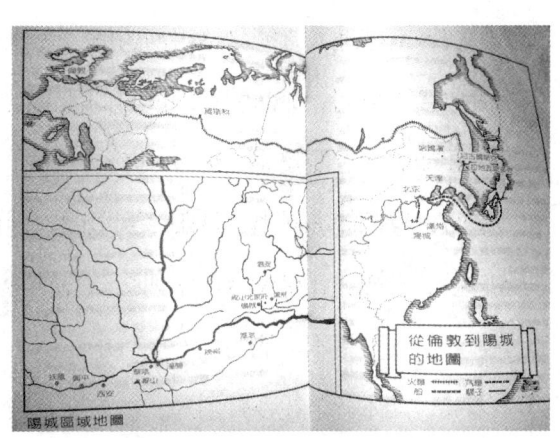

《小妇人》中附图艾伟德率领孤儿千里迁徙的大致路线的中文注记。

行线路；示意图的西南部分，则另外框出了一块阳城与河南、陕西接壤的简略地图。在框出的简略地图上，可以看出艾伟德率领孤儿队伍千里迁徙的大致线路，并且标注出了队伍沿途所经过的主要地名。

值得一提的是，这张地图上，在阳城县城的西北面，还特意用箭头标出了那个偏僻的北柴庄。地图中的有些地名，显然是根据艾伟德的记忆用阳城口音标注的。

如果我们参看一张当今的山西地形图，会对艾伟德当年离开阳城走到黄河边所选线路的艰险程度，有所直观感受。

从山西地形图上看，整个阳城位于一片大山之中。整个地势由西南向东北倾斜。西南部全是大山，有析城山、云蒙山、凤山岭、白龙山等。云蒙山主峰是境内最高峰，海拔一千九百五十一米。

艾伟德当年所选路线，正是要翻越这些包括云蒙山在内的大山。沿途要经过本县河北镇、驾鹤乡、横河镇等地的许多山村。翻过云蒙山之后，进入山西垣曲县。越过舜王坪，沿山麓一路南下，经过历山镇、同善镇、古城镇等地，方能到达黄河古渡口东滩码头。按预定计划，从这个古渡口渡过黄河，那面就是河南省的渑池县了。由此一直西去，便是本次大迁徙的终点西安。

这时，我们能够看出，从阳城到垣曲，他们所选择的这条路线接近一条直线。当初，如果没有一张地图，没有县长提前帮助规划，选择如此一条捷径几乎是不可能的。

当然，具体行走在乡野山地，如果没有当地老乡的悉心指引，没有背夫、骡夫对本地的熟知；如果没有艾伟德数年担任禁足督察几乎走遍阳城的经历，没有她早已应用自如的一口阳城话，她所率领的孤儿队伍极有可能会迷失在大山里。

仿佛她之前所做的一切，都为这一次伟大的迁徙做好了准备。

日后轰动世界的救助孤儿的行动，应运而生。

1940年3月初，在一个早春的清晨，千里大迁徙的队伍走出了六福客栈。

千里之行，始于足下。伟大的远征，就此启程。

孤儿队伍严格分成了四个小组，每个小组大约三十人，由一名成人负责管理。

电影《六福客栈》剧照。

队伍里十三岁到十五岁之间的女孩有二十个，十一岁到十五岁之间的男孩有七个，其余的孩子则在四岁到八岁之间。每组都分到七八个大些的孩子，每个大孩子大致分头负责带领两三个小孩子。

队伍离开东关，跨过村边小河上的拱形石桥，从东门进入县城，然后穿城而过。艾伟德走在大部队的中间位置，前后观照。

在她不时的驻足回望中，六福客栈的栅栏大门、青砖灰瓦的栈房、县城大街上的青石牌坊、城门关楼的翘角飞檐，一一收入眼底。这里是她的第二故乡，这些童话般的异国情调的景致，早已刻录在她的脑海。

艾伟德和她的阳城默默道别："我会回来的，我一定要回来的。"然而，艾伟德离开她生活了十年的阳城，这一去再也没能回来。

此刻的每一次回望，竟成为她的最后一眼。

从此，阳城成为她的梦中之城。

太阳从背后升起来。朝阳初上，西面远处的大山一派通红。

队伍中岁数大些的孩子发问："艾妈妈，我们要走到大山那儿去吗？"

艾伟德回答："是的，我的孩子。我们要翻过那些大山，走到黄河边上去。"

"那要多少天呀？"

"哦，我的孩子，听骡夫们说过，那要五天。"

事实上，骡夫们走的是官道和骡道，现在这支队伍将要走的是山间小路。后来几天的行程证明，有时，他们的脚下根本没有像样的道路，只是些羊肠小径。

困难总会有的，也总会过去的。既然已经选定了目标，那就奋然前行吧！

上帝会照拂这些可爱的孩子的。

坚定的信念和钢铁般的意志，支撑着这位永不言败的斗士和孤儿们爱心博大的母亲。

艾伟德和她的孩子们，走到黄河边，一共用了十二天。

四

第一天，孩子们兴致很高。女孩叽叽喳喳，男孩蹦蹦跳跳。骡夫们善意地笑笑："路可远着哩！省点儿精神吧。"

艾伟德心想，这样也好。让这次迁徙变成愉快的远足，让每一个孩都变成快乐的小天使吧!

中午和晚上,挑夫们和两个会做饭的成人都是提早赶到前面的宿头,负责埋锅造饭,准备大部队的伙食。这样,当一百多个小孩全体到来的时候,饭食就现成了。主食是小米粥,拿什么来下饭呢?大家落脚打尖的村庄,热心的老乡端来了各家沤制的酸菜。出门人,谁能没个难处,谁能背上房子锅台出门呢?帮忙出力都是该当的。何况,是这么些孩子出远门,要远行千里。

当晚,在太阳落山之前,大家赶到了河北镇的小山村匠礼。艾伟德担任禁足督察来过这个村庄,听说了消息,村里的长者和女人们已经迎在村头。由于庄子太小,安置这么多孩子住宿有困难,晚间歇息就只能在村边的玉皇庙了。

中国庙宇,看似大同小异,其实各有管属系统。佛寺,有和尚主持;道观,属于道士地盘;玉皇、关帝,这些中国神祇,管理庙宇的叫庙祝——老百姓称作老善友。匠礼村不大,玉皇庙却相当弘敞。老善友一向敬天法祖,广结善缘,早早打扫好了殿庑。村人帮忙扛来麦秸谷草,就地铺陈,大伙儿今晚就打地铺啦。

看着疲累的孩子们酣然入睡,艾伟德就像在六福客栈一样,巡查检点,一一给大家掖好被角。

白天,一日三餐有吃的;晚间,有这么多人的安睡之处,还要怎么样呢?

这一整天,走了多少路呢?

挑夫们说:"演礼二十里,匠礼三十里。"

骡夫们说:"这还是爬了些小土坡,还没有正经进了山里哪!"

艾伟德说:"没有关系,我们距离目标近了三十里!"

只有走才有希望。孩子们的生命早已与自己连为一体,眼下唯一的选择就是继续走下去。

到真正走进大山里,为了抄捷径、少绕路,只能翻山越岭,不大可能专门去寻找村庄投宿。有好几个晚上,整个队伍都是在山野里露宿的。一次,是在一个岩洞里;一次,是在一块突出的山岩根儿。孩子们蜷缩在薄薄的被盖下,天当房屋地做床。

艾伟德要和成人们轮流值更,警惕万一出现的豺狼虎豹。

骡夫们说:"值更下夜,向来是男人们的事。艾教士,你太累了。你快歇着去!"

骡夫们习惯了穿山度岭、山野露宿,他们在岩洞旁边燃起篝火,终夜不熄。旱烟锅子火头明灭,伴着满天星斗和阵阵山风。

孤儿露宿山野(李慧娟供图)。

还有那几位挑夫,当箩筐里的小米日渐减少,他们就将实在走不动路的小孩抓进筐子,担了赶路。

他们开玩笑说:"哈哈,河南家逃荒,就是箩筐里担着娃娃嘛!"

粮食吃去不少,他们减轻了负担不好吗?

他们认真地说:"这可不成。咱们不能担上个空担子,白挣县府里的工钱!"

艾伟德感慨万端。这些骡夫和挑夫,大字不识一个,多半不善言谈。他们总是在默默走路，默默干活。包括在这样的时候，他们默默负重，默默守夜。

大约是第五天，大家没有再在野外露宿，住到了一个山庄窝铺。这儿是阳城县境的西南边界，快到阳城和垣曲的分水岭了。山势高峻，沟壑纵横，几乎没有一块平地。正所谓"四海无闲田"，大山褶皱里，现出层层梯田。有的地块，顶多三尺宽。一处山坳，点缀三五户人家。算不得什么庄子，只能称作窝铺。一个骡夫，说这里是他家的老亲，老娘舅家。三四代之前，一位高祖母从这儿嫁到山下。说来是走动了几辈子的亲戚啦。

越是深山老林，人心越是厚道。这里祖辈何尝见过一下子来了这么多客人？而且其间领头拿事的还是一个外国女人？家家烧起热炕，欢迎娃娃们进家取暖；老亲杀掉下蛋鸡，挖出过年才享用的白面，盛情待客。孩子们爱吃烧土豆，当下在灶火柴灰里烧烤了半麻袋。

第二天，户家们打开粮囤，给挑夫们添满箩筐。艾伟德要拿钱出来算账，老亲极力推拒："你这是小看我们山里人嘛！"

骡夫也劝老亲多少接受几个钱，人家艾教士也不能白吃谁的东西嘛。

老亲几乎翻了脸："你这是领上百十号人成心到亲戚门上寒碜人来啦！"

末了，窝铺的汉子们有的帮忙挑担子，有的在前面用镰刀披荆斩棘开路，一直把这群真正的不速之客送到分水岭。

艾伟德又是感慨万端。这就是中国，这就是中国农民，这就是中国人。他们压根不知道上帝，但他们的心灵比之那些最虔诚的基督徒何尝有一丝一毫逊色之处呢?

出了阳城县境,又在山岭间上上下下好几天,几乎从任何一个方面来衡量,这支队伍都到了能够继续前进的极限。

在山林中穿行,孩子们的衣服都被撕扯得条条绺绺。穿单衣的,露出皮肉;少数还扛着棉衣的,个个破絮飞花。

山路磨损,大家的鞋子不是塌底便是绽帮。有的再也无法挂在脚上,只好打赤脚。山石沙砾,硌脚难忍。不得已,艾伟德撕了好几块床单给孩子们当包脚布。骡夫们拔些蓑草,临时编几双草鞋,也是供不应求。

最要命的是,粮食没有了。百十号人马,每日消耗一百斤粮食,米筐都见了底。挑夫们依依不舍地陆续离去,回城复命。

看着背篼里最后的一些干粮和烤土豆,艾伟德面色凝重。

带路的骡夫一脸沉毅有如往日,指着岭下一道山沟说:"艾教士,走脱这道沟,咱们就出了山啦!"

到第十天头上,这支疲惫不堪的队伍终于走出了大山。

从山脚望下去,视界里再无遮拦。越过山脚下起起伏伏的坡梁,极目远处,是反射着太阳光辉的一条光带。

那是黄河。

骡夫们平静地说:"大概还得两天,就能走到河边。出了大山,一路有不少村庄。咱们准能弄到些吃的。"

艾伟德拿出最后的全部干粮,分给孩子们。她提起精神鼓励大伙儿:"我的孩子们,我们一道勇敢地走出了大山,大家都是好样儿的!从这儿到黄河边,一路下坡,我们一定能很快走到那里的!过了黄河,

第六章 千里走传奇

一直往西,就是西安啦!"

小家伙们肚里有了食物,又受到了鼓励,欢叫着开始下山。

两天之后,这支队伍抵达山西垣曲县古城镇的黄河东滩渡口。

——曾经跟随艾伟德走过这一段千里传奇之路的,有一位阳城本地人秦秋荣。那一年,她十三岁。

秦秋荣祖籍河南新乡区旗县。两岁时没了母亲,哥哥被卖,姐姐给人家当了童养媳。1932年,

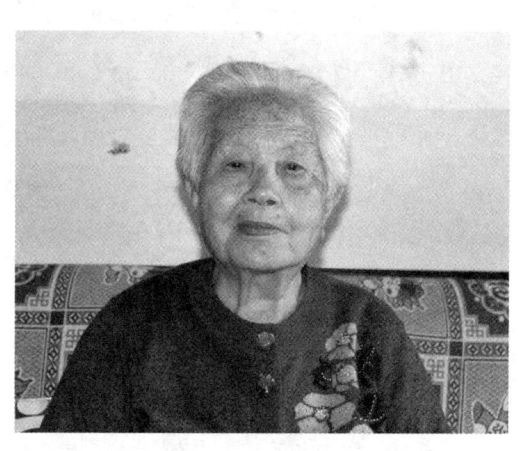

当年随艾伟德千里大迁徙的秦秋荣。

老家发了水灾,不到五岁的秦秋荣坐在父亲的挑筐里,一路要饭到了山西,前来投奔在泽州教会做事的伯父。教会收留了他们父女俩,她的名字还是到了泽州之后伯父给她取的。自此,父亲做了教会的雇工,而她就在难童学校读书。难童学校,学生们睡觉是集体打地铺,读书主要学习数学与语文。

秦秋荣参加了那次千里大迁徙。

说起当年,老人沉入记忆的深处,语调缓慢:"记得孩子们是三十个人分成一个组。孤儿们有男有女,年岁不一,队伍里有的高有的低。队伍行走缓慢,首尾拉得很长。艾伟德一会儿前一会儿后,指挥大家。记得是刚过春节不久,大部分孩子没穿棉衣,也没有被子。少数大孩子带了被子,到了晚上大家合着睡。哪里有庙我们就住到哪,走到哪里就

吃到哪。吃的嘛，就是些老玉米、小米饭、窝窝头。我十几岁了，都从来没有吃过糖，吃上小米饭就不错了。在大山里真是实在走不动了，每个人都挂上了小棍子。过黄河的时候，我们坐的是没有船帮子的大船。骡马和人一起上了船，泥泥水水地过了黄河。"

老人的回忆，片片缕缕的。没有多少细节，更没有什么渲染。回忆叙述出了这样一个事实：一百多个孤儿难童，从阳城出发，大家没有任何代步工具，硬是翻越了横亘绵延百公里的大山，走到了黄河边。

五

翻过横亘的坡梁，跨过起伏的土岗，平展的滩涂铺陈开来，黄河渡口就在眼前。孩子们兴致勃勃奔向河边。

然而，河边不见一个人影，没有一只渡船。

带路的骡夫到渡口依傍的小镇里打问一回，脸色铁青，带来了最坏的消息。日军向国军施压，几路兵锋从山西向南推进，即将翻越中条山，占领黄河一线。国军收缴了渡口的所有船只，都转移到了对岸。镇子里的船夫，随船去了南岸。村民害怕日寇来了杀人放火，都逃离了。

艾伟德知道，为了抵抗日寇，绝不屈服的中国在焦土抗战。坚壁清野，不给鬼子留下一粒粮食；宁可烧毁所有船只，不给鬼子留下一片船板。可是，只有到河对岸去，这一百多条生命才有生存的希望。我的上帝，你让我怎么办啊？你能分开河水吗？你能给我们统统插上翅膀吗？仁慈万能的上帝，你听到我的祈祷了吗？

抖净了米袋，找出最后一块干粮渣儿，没有了任何食物。骡夫带领大些的孩子离开渡口，到几里外的村子求助，终于讨到一些小米和土豆。整支队伍半饥半饱，守在渡口坚持了三天。

艾伟德伫望对岸，望眼欲穿；她心急如焚，嘴唇上全是燎泡。

万一鬼子杀到黄河边，后果不堪设想！

艾伟德所能做的，只剩下每时每刻的虔诚祈祷。

骡夫们到底多些生存经验，让大些的孩子们上到高处。对岸但有声响，即刻齐声呐喊；另外找来长竿，挑上衣服，朝对岸不停挥舞。但愿能有人发现这儿的情况，好来救助这些娃娃们。不然，顺着河岸寻找下一个渡口，还得好几十里。况且，倘若那里的渡口也被封锁，可就让逼到绝境啦！

中国的说法是"天无绝人之路"，西方的解释是祈祷起了作用。事实上，应该说中国的全民抗战是整个民族在奋起自救。在这样的大态势下，方才有了这次成功的黄河渡口紧急救助行动。

负责在南岸守卫黄河渡口的国军指挥官，时刻关注山西南部的战争局势，严密监控这一带的所有渡口。这天，听南岸的当地老百姓反映，有那么百十号人，看着多数是小孩，在东滩渡口北岸，两三天了，像是着急渡过黄河。指挥官在望远镜里注意到了这一群孩子。渡口禁止摆渡有好几天了，那些人徘徊滩涂，到底是怎么回事儿？于是，用旗语和电台将情况告知了黄河北岸的留守部队。

在黄河北岸负责监控这一带的国军，派出一支巡逻兵，即刻沿河来到东滩渡口。看到成群的孩子，看到这样一支辗转数百里的孤儿队伍，巡逻兵们连呼侥幸。身后的大山里已经响起枪炮声，日军快要推进到黄河边。这，简直是千钧一发！

绝望中的艾伟德见到了自己的部队，喜从天降："我的孩子们有救了！"

巡逻兵的旗语手站上高处，向南岸发出信号。一刻，从对岸上流头斜刺里划过来几只渡船。古来，渡口的选择非同寻常，那是前人千百年水文地理知识和摆渡经验的结晶。一般都选在河道刚刚走出山峡的某处，这里河道尚未过分开阔漫漶，河水流速适度——既不太急，又不致泥沙沉积。

艾伟德和孩子们到达黄河边登上渡船（李慧娟供图）。

渡船靠岸，艄公下水扛着船体，将船帮靠拢码头，然后搭好跳板，让孩子们依次上船。

当渡船缓缓驶离码头，巡逻兵们列队，庄严地行着军礼送别。

绝望中的孩子们统统得救了，艾伟德不禁热泪盈眶。

——在西方记者和作家们的笔下，将孤儿队伍渡口遇救一事，描述成一桩奇迹。其行文指向，都在不经意间强调是艾伟德的祈祷起到了作用。

他们可以这样写，或者有他们的理由吧。

我们大可不必人云亦云，我们希望自己的叙述更加接近生活的真实本身。

——抗战时期，山西南部的黄河河段，曾经发生过上千国军跳黄河的惨烈事件。一支从陕西开来晋南抗战的部队,殊死搏战中弹尽援绝,被优势日军挤压追迫,来到黄河边。国军拒不投降,战士们纷纷摔碎枪支,壮烈跳河。日军在北岸塬上架起机枪扫射,国军死难者的鲜血染红了黄河。

不必牵强附会,我们可以肯定地说,是国军将士的殊死抵抗,赢得了几天时间;是国军的牺牲,换来了百余名孤儿的生命;是国军的慨然救援,帮助艾伟德和百余名孤儿安然脱险。

平安渡过黄河,得幸生还的迁徙队伍来到靠拢渡口的一个村庄。渡口地带,两岸的村镇,古来情形大体相仿。由于寻常有过往行人,庄子上往往有人经营饭店以及客栈。这一点,犹如骡队过往的阳城东关。

客栈老板听说了情况,慷慨地接受全体孤儿免费住店。还让厨师显卖本事,请大家吃河南家著名的裤带面。裤带面,说来也是拉面的一种,只是那面条有一寸来宽、几尺长,就像裤带一样,一根面条足足一大碗。

厨师和老板娘一再招呼:"大伙儿放开肚皮,随便吃,尽饱吃!"

老板感叹道:"河南人历年遭灾,都是上山西逃荒哩。多少年来,山西人救了我们河南多少人!不是闹鬼子,山西家什么时候逃过荒?陈年八辈子,谁听说山西人来咱们河南要过饭?孩子们尽管吃,别怕落下亏欠,这是我们报答你们山西人哩!"

其实,地处中原的河南,单说抗战期间,为整个中国做出的贡献又何尝少。正是,人无分男女,地不论南北,全民抗战,同仇敌忾。不惧牺牲局部,以换取全局胜利。河南掘开花园口、湖南火焚长沙城,皆是此等惨烈牺牲。

为救助黄泛区大量难民,国军死守陇海线,民国政府开通难民列车,拉运成千上万难民西去。山西垣曲东滩渡口对面,属河南渑池。难民列车保持每日有一列西行,一律免费乘坐。一盘散沙的国民,和缺乏现代化训练的民国政府,在艰苦抗战中磨炼,咬着牙关争取进步。一团乱象中,种种不尽如人意层出不穷之中,民族生命的伟力在激活。

渑池地方政府有关方面和车站负责人,知道了这支难童队伍的情形。特别听说是得到了蒋夫人宋美龄的允准,给予大力协助。列车专门腾出两节闷罐车,拉运这些孩子。

孩子们从来没有见过火车。坐上新奇的火车,看着车门外飞速旋转的田野,终于可以歇歇疼痛的脚丫,孩子们开心极了。

艾伟德和孩子们登上列车（李慧娟供图）。

火车走走停停。每到一个车站,有人下车,有更多的人要上车。拖儿带女,扶老携幼;有的担着小麦,有的搂着母鸡。日本鬼子不让人过日子,流浪成了许多人的生活常态。

在某一列西去的火车上,有这么一群孩子曾经参与到难民流浪的洪涛中。毫不显眼,历史叙事甚至会忽略不计。

好在每处站台上,都设有难民救助点。人们可以领到一些简单的食品。除了去给孩子们领取食品,艾伟德几乎一直在昏睡。

她身心疲惫,极度透支。大些的女孩懂事了,生怕她们的艾妈妈醒不过来，不时去摇晃她。艾伟德只是太累了。这个女人给一百多个娃娃当母亲，她是累垮了。骡夫敲敲烟锅子，示意孩子们安静："再有这么两三天，好好睡几觉，吃喝也能跟上，她就缓过来啦！"

可是，火车在一个小站停了下来。列车员开始劝大家下车。站长给吵吵嚷嚷的难民解释，日本鬼子的飞机炸毁了前面的桥梁，还有一个隧洞口也被炸塌了。等候修复，要半个月。大家最好就地疏散。如果一定要去西安的话，只能步行翻越前面的大山，山那面就是陕西的潼关。到了潼关，那面的难民列车照常开行。

原来，这儿正是中国历史上著名的函谷关。崤山函谷，自古以来是关中锁钥，拱卫古都长安，阻断东来的任何进犯。

事实上，在伟大的抗战中，函谷关照样成为拱卫西北大后方的钢铁锁钥。终止到日寇投降，猖獗的日本地面部队，不曾踏上关西半步。

只是眼下，雄伟的关山挡住了艾伟德率领的这支队伍的脚步。大家必须翻越山峰，穿越沟谷，否则只能绕行数百里才能抵达潼关。

也许，除了钢铁般的神经，还必须有钢铁般的身体，才能支撑钢铁般的意志。艾伟德的身体再也吃不消了。不仅仅是这一路的艰难行走，包括几年来的传教奔波、战争救助和共赴国难，严重损害了她的健康。

艾伟德浑身酸疼，疼到了骨头里，疼到了每一根神经。

艾伟德强打精神，勉为其难鼓励孩子们。但她清楚，自己快要撑不住了。眼前的山峰高耸入云，望着它令人头晕目眩。山间的沟壑错综复杂，状若迷宫。踩错一步，也许会坠落山涧粉身碎骨；走错一步，也许就会迷失方向，沉入大山的褶皱。艾伟德突然悲从中来，再也无法克制突如其来的莫名哀伤。

《小妇人》一书详细记录了艾伟德日后口述的这段不堪回首的记忆：

> 她想把眼泪拭干，可眼中流出来的更多、更快。突然，她放声大哭起来。她再忍不住决堤而出的泪水。她为自己此时如此柔弱和疲惫而流泪，为眼前的孩子们而流泪，为遭受蹂躏的中国而流泪，也为全世界而流泪。长期以来积蓄挤压在她内心的苦楚和悲痛，此刻全都爆发。在这一刻，她已无力再向前一步。她觉得一切全完了，大家都会死在这杳无人烟的大山中。她深信是自己害了这么多孩子，她为自己不能实现诺言而感到无比的内疚和痛苦。孩子们也跟着她一起号啕大哭起来。在前面探路回来的小男孩们，惊讶地张开嘴巴看着这一幕，马上也被悲伤感染，加入了集体哭号的队伍……

真诚的艾伟德，没有掩饰自己曾经的软弱。伯格斯在这里没有神化艾伟德。

她是一个女人，一个有着七情六欲的真实的人。

高山在倾听，苍天在注视。

骡夫们面色刚毅，他们会心相视，没有劝阻艾伟德。

这个女人太不容易了，让她痛痛快快哭一回吧！

悲天抢地哭过，艾伟德擦干泪水。她对孩子们说："孩子们，请原谅我的软弱。让我们继续赶路吧！我的勇敢的孩子们，我爱你们！"

艾伟德坚定地迈开脚步。

仿佛头羊迈开了步子，羊群就紧紧追随，孩子们也止住哭泣，开始爬山。

骡夫们熄灭烟锅子。有的，背起干粮袋；有的，箩筐里担了小孩。

一位常年赶牲灵走骡道的汉子，突然放开嗓子，唱起了爬山调：

山挡不住风来，雪挡不住春；

神仙他挡不住个人爱人！

这一山山瞭见，那一山山高；

那一山山的风光，爱煞人的个好！

崖畔上长着，九个样样的草；

九个样样看见妹子，你十个样样的好！

这响彻太行山、呼应于黄河两岸、回荡在黄土高原的爬山调，有如天籁。那旋律自古鸣响在祖先流传给我们的基因里，那歌词就是活着的《诗经》。

历史早已证明，任何外部侵略势力，从来没有任何可能战胜这一全人类最古老且是唯一不曾断裂的文明。

艾伟德热泪盈眶。这一次，不是因为悲伤。

队伍翻越了大山，来到了潼关。

这里是山西、河南、陕西三省交界，对面是著名的风陵渡。

万里黄河从千里晋陕大峡谷劈开龙门，呼啸而下，冲击潼关折头东去。

山西那面，中央军、二战区地方军和八路军在和日本鬼子血战。

艾伟德知道，将士们用鲜血和生命捍卫着大好河山。千里迁徙往下的行程，也许还会有艰险，但孩子们已经远离战场。

潼关，距离西安还有一百五十公里。这儿的难民救助站，尽最大可能帮助了这支特殊的难童队伍。

原来，潼关也遭到了日机轰炸。出于安全考虑，难民列车暂时停开。只是在夜间，还有运煤列车西去。

车站站长同意特事特办。经请示上级机关，乃至惊动了重庆政府，允许运送军用战备煤炭的列车加挂两节货车空车皮，供孩子们乘坐。

站台前端的信号柱放下扬旗，绿灯点亮。蒸汽机车松开制动，烟囱里响起震耳欲聋的排气声，如战鼓催征。

汽笛长鸣，划破夜空；轮轨撞击，铿锵作响。

百余名孤儿千里大迁徙，踏上了最后的一段行程。

六

孤儿们到了西安，这里的难民太多，非常拥挤。宋美龄难民救助中心安排艾伟德所救助的百余名孤儿，乘坐火车又西去约一百公里，最终抵达扶风县难童保育院。比起之前的艰险行程，后面的这点波折几乎算不了什么。

难童保育院设在一座寺庙里。孩子们统统得到了妥善安置。有床，有干净松软的被褥，孩子们一律换上了新衣服和新鞋子。大家按照年龄和文化程度分了班级，开始了正规的读书生活。

第六章 千里走传奇

高度紧张的神经松弛下来，严重透支的艾伟德，再也支撑不住，一下子昏厥过去。她连日高烧不退，除了有时发出喃喃呓语，始终昏迷不醒。西安和扶风的教会医院即刻对艾伟德展开全力救治。医生们诊断的结果是：身体过分消瘦，营养极度不良；严重透支，深度昏迷；背部有一处陈旧性枪伤，而此时患者则感染了足以致命的斑疹伤寒。

随艾伟德到达西安的难童。

一位从美国休假归来的传教士送来二十片磺胺类新药，方才将艾伟德从死亡线上拉了回来。

艾伟德整整昏迷了十五天。在病床上刚刚醒转，刚刚恢复了一点自主意识，艾伟德就抓住护士的手急迫发问："我的孩子们呢？我的孩子在哪里？我有一百多个孩子呢！日本鬼子包围了我们，这些畜生会杀死我们的。"

——千里大迁徙，艾伟德亲自带领平安到达大后方的孤儿到底是多少，由于历史条件所限，始终没有一个确切的数字。参看各种史料，记录阙如。这样一个载入史册的伟大壮举，我们确切知道的，就是"一百多个孤儿"，抵达大后方的时候"孤儿们一个也没有少"。

一百多个孩子，一个不少。在东方战场，在抗战的烽火硝烟中，艾伟德带领一百多个孤儿行程千里，逃离了随时可能发生的血腥大屠杀。她创造了一个奇迹。

知道她的孩子们一个不少，艾伟德欣慰至极，感恩的泪水夺眶而出。

后来，正如人所共知的，通过伯格斯的《小妇人》一书，特别是通过好莱坞摄制、英格丽·褒曼主演的电影《六福客栈》，艾伟德的事迹传遍了天下。

我们应该公允评判：伟大的艾伟德绝不曾有过任何为着后来名满天下的卑俗动机。她依循上帝的指引，依循自己的内心，做了她认为应该做的。

我们还应该理性推断：艾伟德在千里征途中遇到过许多困难，她当然可能会祈祷上帝，但这许多困难的最终克服，艾伟德绝不会完全归功于上帝显灵。

——只是，由于大病一场，尽管艾伟德获得了救治，遗憾的是她再也无法彻底康复。据她自称，从那以后，一直患有间歇性记忆空白症。

艾伟德自从1930年来到中国后，一直保持与家人通信，并且保持记日记的习惯。但我们可以肯定，在她带着孩子们离开阳城到达西安的这段时间里，她没有写日记。她与外界的一切联系全部中断，别人也不知道她在这期间的任何情况。在千里传奇之路上，她只有一个目标，那就是一步一步地靠近安全的西安。这期间，她没有时间，也没有任何一丝多余的精力与心情来记录什么。

由于当时没有精力写日记，事后艾伟德又出现了间歇性记忆空白症，千里传奇之路，竟然是在这一传奇的主角这儿发生了记忆缺损和断裂。大家沿途经过的许多地点，还有那么多帮助大家渡过难关的人物，艾伟德没有一一准确记录，又难以一一准确回忆。她只能用断断续续的回忆将其拼接起来，给了我们一个大致模糊的轮廓。

然而，我们依然要感激艾伟德。在她的模糊记忆中，呈现出了清晰无比的事实。在艾伟德与孩子们千里大迁徙的传奇之路上，自始至终，出现了众多形象鲜明的人物，他们是县长、挑夫与骡夫、玉皇庙的老善友、沿途村寨的村民、山庄窝铺的老亲、黄河渡口突然现身的士兵、难民救助站的工作人员、车站的站长、驾驶运送战备煤炭列车的火车司机等。这些众多的人物，这些普普通通的中国人，无形中连接成了一条强韧有力的绳索，使得艾伟德与孩子们攀缘着这条足可信赖的生命线，最终平安抵达了希望的彼岸。

如果说在艾伟德坚信其存在的天国，有一个万能的上帝，那么在不无艰险又充斥着大善大爱的人间，艾伟德目睹了一个又一个无名的活生生的"神灵"。

今天，我们已经无法查证清楚那些当年帮助过艾伟德的人叫什么名字，是哪个村庄的人。我们只能尽量发挥艺术想象，以勾勒出他们曾经真实出现在那段历史时空中的传奇身影……

第七章 三代百年心

一

艾伟德带领孤儿千里大迁徙,过去了七十年;电影《六福客栈》轰动西方世界,也已经过去半个世纪。

这样一段历史的真实,在我们中国却真的被历史所屏蔽。这话说来拗口,但事实就是如此。究其原因,人们爱说由于人所共知的原因,其实那原因多半是人所不知。新近,又有一句词儿时兴,叫作"你懂得"。其实,大家并不真正懂得。一派混沌、一派茫然,稀里糊涂而一塌糊涂。

但有心人在思考、在行动。人们无暇去探究人所共知或人所不知的原因,人们只是在扪心自问:我们能够做点什么?我们应该做点什么?这些有心人当中,有中国人,也有外国人。

外国人当中,我们不能不格外提到查尔斯。

查尔斯说干就干,雷厉风行。他在美国请专业工程师威尔金森设计了重建六福客栈的建筑图纸,随即用电子邮件发给了谭曙方。

图纸设计非常专业,整体建筑样式从外观到标牌,内景设计从楼梯长度到墙体厚度，事无巨细。图纸总共有八张之多。

查尔斯的初步愿景并不大。说来近乎一个小小的梦想——他想在阳城建一座小型四合院，占地面积最多也就一亩。名堂上，冠之以六福客栈；从外观形制上看，这个新的六福客栈简直就是耶稣堂院的翻版。其内院由二层中式复古小楼围成一个四方形状，楼上在房檐之下建有护栏。但室内设计完全采用现代形式，有客厅、办公室、放映厅、餐厅、标准间卧室等。与阳城民间传统二层小楼围成的四合院略有不同的是，这个二楼的楼梯设计在室内。查尔斯的设计中心理念是：美国友人来到阳城后，可以在这里吃住，能够看电影，还能喝咖啡聊天。然后，去东关和县城包括北柴庄寻找艾伟德当年活动的踪迹，一路饱览阳城的自然风情和人文景观。

这一套设计图纸，查尔斯同时发给了范忠胜一份。他恳切希望获得范忠胜的帮助，在阳城物色一个合适的地方，好尽快将这图纸上的设计变为一个真实的存在。

今番，查尔斯求到名下，范忠胜依然觉得，这个忙不能不帮。他对谭曙方讲："人家美国教师来阳城之前，咱们不清楚六福客栈这回事，现在总算知道了。人家艾伟德救过咱们那么多的孩子，艾伟德还是加入了咱们中国国籍的人，咱们不能把人家给忘了。查尔斯那么大年纪了，想在咱这里建一个小旅馆，接待来咱阳城参观六福客栈的美国朋友，是件好事嘛。应该帮忙！"

于是，范忠胜开始在阳城四处奔忙，为查尔斯的新建六福客栈选址。这个消息传递回去后，查尔斯非常高兴，开始着手实施他整体计划的第二步。

查尔斯明白，召集美国朋友来中国，单单为了阳城朝圣——参观六福客栈，这不大现实。2007年夏天，查尔斯在美国做了一个详尽的中国考察计划。在这个计划中，他将中国八个城市及其主要参观内容、著名景点，列为考察内容逐一介绍。参观排列顺序是：上海、南京、郑州、西安、六福客栈、曲阜、济南、北京，参观内容则是：上海看繁华都市，南京看中山陵，郑州看郑州大学西亚斯国际学院，西安看兵马俑、华清池，阳城看六福客栈，曲阜看孔府、孔林，北京看长城、颐和园、天安门。整个考察命名为朝圣之旅。

"朝圣"，显然是指前来瞻仰、朝拜六福客栈。所以查尔斯在计划中特意说明，阳城六福客栈是这次考察的核心。大家要来阳城看一看艾伟德与劳森夫人当年居住的地方，要参观收养过百余名孤儿的六福客栈。——那时，他还没敢提出要看看艾伟德带领百余名孤儿离开阳城所走的山路。在他的设想中，有兴趣的旅游者和参观者，将来当然可以重走艾伟德之路。

查尔斯在朝圣之旅计划中，另外还有一个特别的创意。即动员参加者为六福客栈捐款，捐款者的名字将镶刻在新建六福客栈的门口。嘉行懿德，流芳百世。

谭曙方看完查尔斯的这个计划，非常激动。不要阳城方面花一分钱，查尔斯甘愿全额投资，阳城只要划拨小小一块土地，批准一下这一建设项目。然后，阳城六福客栈这一名堂，将永远响亮于欧美，将有一茬接一茬的旅游者和朝圣者前来阳城。这是一本万利乃至是无本万利的事情啊。何乐而不为、何为而不成呢？

为了促成此事，谭曙方约了山西省国际文化交流中心的几个朋友从太原赶赴阳城。那一天，途中下起了大雨，车辆必须启动雨刷才能前行。能够帮助查尔斯干成这件事，也就是帮助阳城县办成一件大事好事，下点大雨又算什么呢？

到了阳城，谭曙方向阳城县委、政府的几位要员全面介绍了查尔斯要新建六福客栈的全套设想，明确希望县里支持一下。谭曙方原以为，美国友人的计划，阳城政府方面会有一个积极热情的反应。甚至已经走在外国人前头，有了一个主动开发六福客栈这一资源以纪念艾伟德的计划。

可是，实际情况要比谭曙方想象的复杂得多。

事实上，谭曙方一行，热扑扑前来阳城，被兜头浇了一瓢凉水，是比路上的大雨更令人冷透了的凉水。或曰，他们遇到了在中国官场潜伏的"太极高手"。

2004年秋天，谭曙方来阳城时，县城一些地方历史风貌犹存。比如东关，河卵石铺就的小路，弯弯曲曲衔接着狭窄的百年街巷；越过小小的石拱桥，弥散成一片彼此相连的小院迷宫。随意走进一座小四合院，那些黑褐色的门框、幽暗的门洞、踏上去吱呀作响的木楼梯，让你似乎隐隐地嗅到了岁月滑过的气息。六福客栈遗址尚在，尽管它残垣断壁，茅草丛生，一架老旧的辘轳伴着古井，整座院落恬静荒僻，仿佛牢牢守护着艾伟德于此遗留的爱的温度。

到2007年，仅仅过去两年多时光，阳城老县城的历史风貌仿佛又萎缩了一圈。许许多多的新建筑冒了出来，旧街小巷被改造得面目全非。尤其是那处珍贵的六福客栈遗址，被一栋四四方方的水泥墙面住宅楼彻底冰冷覆盖。谭曙方在当地一位年轻人的带领下，故地重游，在这栋住宅楼的一个角落里，找到了原来那眼带辘轳把的水井。辘轳把早已不翼而飞，只剩下一个黑黝黝的井口，在向天无声诉说。谭曙方蹲了下来，朝井下看去，什么都看不到。其实他也不知道自己要看什么，好像只是在下意识地寻找。寻找会有什么意义吗？他不知道。曾经的六福客栈，此时被水泥墙壁围拢，剩余所有空间只有一间小厨房大小。阴暗潮湿，狭窄逼仄。谭曙方一时无语，默默地走出了那被水泥墙体围割成的小巷。

更让谭曙方郁闷的是，范忠胜那里为查尔斯寻找新六福客栈地址的事也毫无着落。谭曙方知道，这里不存在资金问题，查尔斯答应钱由他来负责。而且，引进外资开发旅游，名堂很现成，政策方面也没有刚性障碍。范忠胜在当地从政多年，人脉深广，应该具备这个能力。然而，范忠胜竟然无能为力。一个官员，在冷漠的官僚机制面前寸步难行。

范忠胜几番欲言又止，他对谭曙方说："如果省里有某个机构牵头承办的话，或许就能推进此事。"他的话，只能表述到这一程度。谭曙方立刻就意识到这件事的复杂与难度。

这件事的复杂与难度，这才叫"你懂得"。

离开阳城返回太原的路上，大家全然失去了来时路上的谈笑风生，人人昏昏欲睡，个个沉默不语。

谭曙方不能再想，又不能不想。

二

查尔斯的年龄越来越大，他已经超过八十二岁，精力渐渐不济。这一点在他给谭曙方的电子邮件中反映出来,邮件的间隔时间越来越长,内容则写得越来越短。

2004年的破冰之旅,在阳城县政府主持的那个招待会上,查尔斯曾经说,艾伟德的故事与电影《六福客栈》,整整地影响了美国三代人。

查尔斯比艾伟德小二十四岁。他在美国媒体介绍中国抗战情况的文字中认识了艾伟德,那时他还不到二十岁。1944年,查尔斯驾机护送宋美龄回中国的时候只有十九岁。随后,查尔斯参加了中国抗战。到1958年,他在美国第一次看到《六福客栈》电影时三十三岁。

如今,查尔斯已经八十多岁。他在病中仍然坚持给谭曙方写邮件,坚持着他的不死之梦。但或许是自感力不从心了吧,老先生就将自己新建六福客栈的计划,先行局部地委托给了他的一位朋友罗伯特·乔治。

大约有两年的时间,查尔斯、乔治和谭曙方三人之间建立起了一个稳定的三角联系。在查尔斯发出的邮件中,主题一律标注为"六福客栈",由此可以想见他对再返阳城的执着信念。

2010年9月26日,查尔斯将他发给乔治的邮件以及乔治给他的回复,一并发给了谭曙方。

查尔斯在给乔治的邮件中写道:

亲爱的罗伯特:

对不起,我延迟了给你回信。今天又参加了一个葬礼,这亦正在成为我的一种日常事务。我们只是不知道谁将会是下一个葬礼的主角。除此之外,我会在工作了一整天之后,在晚上集中回复电子邮件,包括这个给你的E-mail……我将在明天参加教会的一个活动,去见一个对赞助阳城新建六福客栈项目有兴趣的牧师。请注意阅读这封邮件的附件。你在中国可以与谭曙方见面,告诉他明天我会与他取得联系……

"我们只是不知道谁将会是下一个葬礼的主角。"读到这儿,谭曙方的心尖一阵痛楚。

邮件中所附乔治写给查尔斯的回复很简单。乔治写道:

亲爱的查尔斯:

谭曙方刚抵达西亚斯国际学院校园做了一个短暂访问。他希望与你尽快讨论关于在阳城新建六福客栈的一些细节问题。我相信,在这所中美合作的大学里有很多人会对阳城六福客栈有兴趣,他们会将参观阳城六福客栈视为一种享受。如果恢复阳城六福客栈,会激起这里的人们去拜访阳城的热情和兴趣……

我会尽我所能来支持你的努力。

谭曙方打开了这封电子邮件的附件。此附件是查尔斯特意强调乔治要注意看的,并且同时也发给了谭曙方。这似乎是他在特意向乔治与谭曙方交代什么。

这个附件比较长,图文并茂。开头是他所著那本书《我的故事和基督教的故事——在一个遥远国家的信仰旅行》的封面。封面黑底色,其下方居中是一本《时代》周刊的封面。封面上的人物是年轻的宋美龄的头像，周围则散列着查尔斯当年的护照、飞行员驾驶执照等证件；其中一张证件上有查尔斯年轻时的照片，英俊潇洒，西装领带，留着朝后梳的大背头。

附件的最后，是一篇珍贵的文字。在这篇文字中，查尔斯回忆了自己的一段传奇经历：

> 在我的记忆里，1944年7月，蒋介石当时被称为中国大陆的委员长，那时中国正在与日本交战。在1943年3月，蒋介石夫人宋美龄访问美国总统，她以中国第一夫人的身份，请求美国援助中国人民的抗战，以打击我们共同的敌人。她访问罗斯福总统后，回到了中国。大约一年后，她的身体开始变得很糟糕了，患了非常严重的疾病。医生劝告，她只能在纽约获得她所需要的治疗。她在纽约的医院进行了几个星期的治疗，她的医生告诉她可以在当月底返回故乡中国了。那是1944年7月中旬。这是非常时期，我记得她找到了我，要求我驾机带她飞回中国……

遗憾的是，这是迄今为止谭曙方所收到的查尔斯的最后一封邮件。按时间推算，这一年查尔斯八十五岁。

后来的消息越来越让人揪心。

2011年冬天，乔治去美国田纳西州查尔斯的家里看望了他的老朋友。查尔斯的健康状况每况愈下，已经不能与人正常交谈。乔治必须通过查尔斯的妻子，才能将自己的意思明白地转达给这位病弱的老人。查尔斯再来中国阳城的梦想，恐怕难以实现了。

乔治夫妇与谭曙方合影于郑州大学西亚斯国际学院。

自此，乔治接过了查尔斯的衣钵。

乔治于1933年3月出生于美国佐治亚州的哥伦布市，他在当地接受了从小学到高中的教育。家庭是他的第一学校，自幼父母教给他三个做人的准则：第一要善于与别人合作，第二要诚实，第三要为梦想奋斗。父母不仅仅是这样讲的，而且是身体力行这样做的。他在上小学时就开始立志，自己将来一定要成为父母所要求的具有这样品质的人。正直、诚实、承担责任、乐于助人，这些都是乔治身上具有的特质。他认为，每个人都应该有帮助别人的思想，他坚定地认为，助人为乐是摒弃自私的最好办法。乔治比查尔斯小八岁，曾经当过美国海军。

受人之托，忠人之事。乔治接受了查尔斯病榻前的托付，他开始与谭曙方频繁联系。乔治与谭曙方约定，一定要共同去一趟阳城，实地寻访一次六福客栈遗址以及艾伟德故居。他们相互鼓励，一定要继续努力，以实现查尔斯在阳城地面上矗立一个新六福客栈的梦想。

但乔治自己的公司事务太多了，亲自前来阳城一趟的愿望竟是许久不曾实现。说话之间,乔治也到了将近八十岁的年龄。或许,他也像查尔斯一样知道自己年岁已高,感觉到了心有余而力不足;或许,他是为自己不能尽快兑现诺言而歉疚。乔治郑重其事地向谭曙方推荐介绍了另一位新朋友。

这位新朋友,就是在西亚斯国际学院任教的美籍教师杰夫·纳耶尔斯。

杰夫与妻子在西亚斯国际学院任教有年,只是当他们来到学院的时候,谭曙方已经离职而去。他们夫妻双双担任教职,还带着五个孩子来华,这五个孩子每人都有一个中国名字。

杰夫五十岁出头,按年龄说,相当于查尔斯、乔治的孩子辈。谭曙方知道,杰夫两口子尽管不曾去过阳城,但都非常了解和敬佩艾伟德。如今,杰夫接受了长辈乔治的委托,开始与谭曙方密切联系。2012年的年初,他们讲定,将尽快一道共赴阳城,以便推进查尔斯和乔治两位前辈未竟之事业。乔治介绍过的,杰夫自己也坦承,他有个弟弟在好莱坞工作。此番阳城之行,除了推进新建六福客栈一事,说不定还能进一步商谈日后在阳城重新拍摄六福客栈影视片的事宜。

谁料,就在这个时候,杰夫在美国的父亲突然患病。人到中年,上有老下有小,杰夫遇到的问题也正是多数中国中年人遇到的问题。刚刚接受了乔治的委托,此事又当如何处置呢?杰夫两口子合计一回,老父亲需要照顾,朋友所托之事也不可耽搁。于是,决定由妻子带着两个大孩子回美国尽孝,照顾老人;杰夫留在中国,要单独带三个孩子,并且一定要忠实履行承诺,和谭曙方一道奔赴阳城。

妻子和杰夫分别的时候,还特别提到了:"你们去阳城的情况,一定要及时告诉我知道。"杰夫连连答应。

三

对于艾伟德其人其事，在媒体的宣传与社会的认可方面，此前西方无疑早早走在了中国的前面。但时隔七十年之后，中国、山西、阳城，已经重新知道了艾伟德。于各个方面都正积极融入整个世界的中国，当今涉及艾伟德这个话题，为什么还要落后于他人？过去种种，譬如昨日死；今日种种，何妨今日生。官方如何表现，不足论。严肃自问：我们民间怎么办？

事实上，谭曙方以及最早介入此事的一帮热心人或曰好事者，已经有了自己的应对方略。这是纯属民间的行为，既没有任何官方机构出面组织，仿佛也没有什么完备的计划。二三同志，简单沟通一番，想出一个点子，大家觉得有益无害，就先干起来。有实事求是之意，无哗众取宠之心。客观评价，这倒更为显得珍贵。比如查尔斯和乔治以及杰夫，他们是听命于谁的指令的吗？出于自觉，全然自发。谭曙方他们，也是这样。

杰夫身边留下来三个孩子，一个儿子，两个女儿。儿子名叫金龙，十一岁。两个女儿，姐姐叫娥眉，十岁；妹妹叫金凤，九岁。杰夫安排好了自己的课程，腾出来去阳城的时间。

2012年5月25日清晨，谭曙方与杰夫一行，从西亚斯国际学院出发，一同前往阳城。由于三个孩子毕竟年齿尚幼，留在郑州杰夫不放心，索性带着他们一起走。三个小家伙知道父亲要带他们去阳城看六福客栈，当下撒开了欢。

谁来担任随行翻译呢？熊雷欣是西亚斯国际学院的毕业生，英语口语相当好，自告奋勇来当翻译。

——不能忘却艾伟德，定要追随艾伟德的脚步，在太平洋的彼岸代有传人。仅以谭曙方所亲密接触过的美国人，有查尔斯和乔治一代，有杰夫和他的妻子一代，还有金龙、娥眉和金凤这一代。

一路上，孩子们有说有笑，异常活跃。谭曙方从孩子们的谈话中约略能够听出，他们对阳城这个地名并不陌生，似乎急于想见到阳城的样子。难道他们也熟悉艾伟德的故事不成？谭曙方忽然想起查尔斯曾经说过"艾伟德的故事整整影响了美国三代人"的话来，便试探着与孩子们聊起来。

他问金龙："金龙，你看过《六福客栈》电影吗？"

"是的，看过。"杰夫的几个孩子，中文会话都相当不错。此时金龙反应敏捷，回答的口气非常肯定。

谭曙方又问两位小姑娘："你们两个也看过《六福客栈》电影吗？"

"是的，看过。"娥眉、金凤同样点头回答。

"那你们一定也知道阳城了？就是艾伟德住过的那个地方。"谭曙方继续问道。

"当然知道。"三个孩子齐声回答。

杰夫此时插话说："我在小时候，就听我的爷爷讲过艾伟德的故事。电影《六福客栈》，我看过多次，非常棒！我的孩子们都看过《六福客栈》电影，对这个故事很熟悉，他们非常喜欢艾伟德的故事。"

查尔斯曾说"艾伟德的故事整整影响了美国三代人"。从杰夫的角度而论，从他的爷爷算起，应该说艾伟德的故事已经影响了美国四代人。

继2004年的破冰之旅，这是谭曙方带领美国教师再次前来阳城，而事情已经在不期然间起着显著的变化。谭曙方此行，不再需要任何官方机构的首肯。东关村的支部书记王保律，兼任阳城县六福客栈研究会会长，经由谭曙方提前沟通，今番慨然应允全盘接待。

有朋自远方来，不亦乐乎？当客人刚刚抵达下榻之地，王保律早已衣冠楚楚恭候在酒店门口。

当天中午，王保律做东，略备薄酒，聊表敬意。王保律作为当今中国的基层干部，讲话颇为得体，礼仪甚是周全。宾主相谈甚欢，皆大欢喜。

午后稍做歇息，杰夫和孩子们迫不及待要去参观艾伟德故居，王保律欣然带队前往。

六福客栈已被宿舍楼完全覆盖，王宝律自然不会哪壶不开提哪壶。客人们所能参观的只剩下了那座耶稣堂院，王宝律自是轻车熟路。刚刚来在行后巷6号门首，杰夫早已拿出记事簿，开始边问边记。

杰夫此次阳城之行，是受乔治委托，之前他又看过不少查尔斯所拍的照片，所以一路看得非常仔细。在耶稣堂院正房的二层房屋，杰夫用手在头顶比画飞机飞行的样子，细细询问当年这儿的屋顶是否遭受过日军飞机的轰炸。显然，杰夫是有备而来，他对《小妇人》中所描述的细节是非常熟悉的。原书描述：1938年春天，当日军轰炸机首次轰炸阳城时，艾伟德和几位教友正在二楼静心祈祷。结果房屋被炸塌一角，地板倾斜，艾伟德摔落楼下，被瓦砾覆盖。那么，当时艾伟德究竟是在六福客栈的二楼上呢？还是在耶稣堂院的二楼上呢？这一点，《小妇人》中的描述与其他资料的记载，向来说法不一。

杰夫问得非常细致，甚至可以说极其严谨，而王保律有问必答，回答也相当详尽。有根有据，经得起推敲。

王宝律告诉杰夫："1938年日军飞机来轰炸时，东关村落下好几枚炸弹。其中一枚，落在耶稣堂院后边的巷子里；这间房屋靠街外的一侧房顶，是被炸弹的冲击波震塌的。现在的屋顶，是在那之后修补的。"杰夫与孩子们全都抬起头来仔细观看，辨认着那依然明显的修补痕迹。六福客栈的遗址不存在了，而这个艾伟德故居的二楼却有日军飞机轰炸的痕迹。杰夫记下了这个重要的发现，应该说是破解了一件历史悬案。

而后，杰夫带着孩子们挨个儿参观了耶稣堂院的每间屋子。艾伟德和劳森夫人当年的卧室、会客间，包括院子角落楼梯拐角下的灶台，杰夫一一详细询问，做了记录。三个孩子始终兴味盎然，不仅楼上楼下仔细参观，还主动与房东大娘以及大娘的孙子合影，在楼梯上、在二楼老式木质栏杆那儿、在每个房间里，都要求为他们拍照留念。

当一行人在耶稣堂院的参观告一段落，杰夫主动说道："非常感谢你们的热情接待！今天下午在这里，我们看到了艾伟德当年真实生活过的地方。我真不知道如何来表达内心的感激。现在我提议，让我的儿子金龙为大家表演一段中国武术，以此表达我的由衷谢意。不知各位主人意下如何？"

王宝律连称"好好"，在场的好多人也都一起鼓掌欢迎。小小的四

杰夫与《太行晚报》总编辑王春平(右一)合影于艾伟德故居。

合院落,方方正正一块天井,小金龙深吸一口气,做个起手功架预备式,接着高喊一声,噼里啪啦打了一套少林拳。一招一式,虎虎生风;起承转合,干净利落。其结束的高潮,是一个又高又飘的侧空翻。在场的围观者随即连连喝彩,掌声颇为热烈。

超乎大家的想象,一个美国小孩,竟然能讲一口标准的普通话,能有如此一身中国功夫。包括几个孩子都取了中国名字,足以说明中国文化在杰夫全家心目中的地位。

随后,王宝律带领杰夫一行去参观东关村颇负盛名的关帝庙。这座关帝庙,是东关的标志性庙宇建筑,当年曾给艾伟德留下过极为深刻的记忆。

人所共知,中国乡间的众多庙宇,新中国成立后,不是做了粮库,便是当成了学校。东关的关帝庙也不例外,几十年来一直被本村的小学所占用。如此一来,阴差阳错的,学校占用在客观上起到了保护古建、留存文物的功用。关帝庙免于"文化大革命"浩劫损毁,尽管塑像壁画无存,庙宇的大殿却保全下来。

关帝庙正殿,建筑形制为中国传统斗拱结构,重檐歇山顶。顶部五脊六兽，巍峨正大；本地瓷窑烧制的琉璃瓦，黄绿相间的釉色依然鲜亮。院中几株古柏，铜枝铁干，虬曲盘旋。

庙院两厢，偏殿与廊庑已然颓败无存，新建了一排新房当教室。东关村的关帝庙或曰小学校，便仿佛整个阳城的缩影：当年旧貌似乎还在，但又被若干新型建筑切割得支离破碎。好比历史不再完整，其空缺的部分只能依赖人们的想象与推测。

王宝律兴致勃勃，开始向杰夫介绍这座关帝庙。因为据说，县上已经有了一个开发本地旅游资源的整体项目规划。

金龙为东关小学学生表演武术。

将要恢复重建六福客栈，并准备同步重建六福客栈周边的古旧街道和民居院落。关帝庙是其中至关重要的标志性建筑。

但他刚刚说开一个话头，学校的孩子们下了课，一窝蜂从教室涌了出来。上百号学生，从学前班到六年级的都有，挤了满满一院。校园里突然出现了三个金发碧眼的美国孩子，学生们纷纷围拢上来，指指画画。

为了不影响学生上课，大家迅速离开了关帝庙。从学校出来，杰夫三个可爱的孩子又被小巷里热情好客的百姓团团围住。大家问长问短，三个孩子应答自如，举止礼貌，大嫂大娘们啧啧称赞，杰夫在一旁笑得合不拢嘴。

谭曙方心有所动,向一位衣着朴素的大嫂询问道:"大嫂,日本人打进咱中国那会儿,有一个叫艾伟德的外国女人,带着一百多个孩子,爬山越岭走到了西安。你知道这事儿吗?"

大嫂当即朗声回答:"咋不知道?那个外国女人救了咱阳城的一百多个孩子,人家可是做了好事啦!听说后来是死在台湾了,死了以后那女人的坟堆儿还朝着咱阳城哩!"

大嫂的回答,杰夫肯定也听到了。当下,谭曙方心中一阵滚烫。从第一次带领美国教师来阳城,过去了八年时光。曾经被屏蔽、被遗忘的艾伟德,其人其事终于重新在阳城传播开来。

没有多少得力传播手段,艾伟德其人其事的重新传播,差不多处于一种自生自灭的状态。然而,艾伟德的大仁大爱精神不死不灭,中国人知恩图报、从善如流的传统品格不死不灭。

当天晚上,杰夫作为查尔斯和乔治的委托人,按照此行的原定计划,与王保律进行了友好而又切近主题的交流。

王保律终于有机会继续他在关帝庙那儿开始的话题。他说,阳城县政府已经将六福客栈视为本县的一张国际名片,纳入了旅游开发的整体计划。东关村得地利之便,村委会计划重新修缮耶稣堂院,作为艾伟德纪念馆,并将另行选址重建六福客栈。为之诚恳征求杰夫的意见。

杰夫是有备而来,当下略作思索,做了诚恳的答复。他说:"《六福客栈》是风靡世界的电影,故事的发生地在阳城。所以,如何保护原先与艾伟德故事有关的地点就显得非常重要。人们往往喜欢古老的原汁原味的景点,而不喜欢现代没有特色的东西。建设艾伟德博物馆,当然是一个非常好的主意,但在博物馆的周边要有旅店、商场、咖啡馆等配套建筑。这些建筑,外观要看着古老,就像你们县城目前残留的城墙,但里面要有现代化的设施装修。最后,我认为你们应该建一座孤儿院,名字就叫六福客栈。"

杰夫讲得很到位,也很有分寸,王保律听得津津有味。

宾主双方话语投机,连连举杯。喝到一个分际,谭曙方也在当场讲出了自己久蓄于心的一个想法。他说:"杰夫先生,我一直有个想法,那就是好莱坞应该在阳城重拍一次《六福客栈》。"

"噢——为什么要重拍呢?你有什么理由?"杰夫奇怪地问道。

他放下手中的筷子,又拿出了随身携带的小本子,等着谭曙方回答。

谭曙方接着道:"艾伟德的故事从20世纪50年代流传至今,从前感动过无数的人,今天仍然在感动着无数的人。说明这是一个有着持久生命力的故事。您刚才说了,这是一个真实的故事,可是1958年好莱坞拍这部电影时,所有涉及中国尤其是大量涉及阳城的场景,都是在欧洲搭建摄影棚拍摄的。这当然就与真实有了距离。出现这种情况,当然有着复杂的历史原因,我们一时说不清楚。但今天不一样了,阳城完全可以邀请美国电影摄制方来阳城实地重拍。这里的自然风光、这里的古旧城墙、这里的艾伟德故居,依然是艾伟德当年所见的真实情景。包括这里的人们,即便只是作为群众演员,也是无法替代的。"

等杰夫记录完毕抬起头来,谭曙方加重语气说:"杰夫先生,那些被艾伟德的故事感动过的人,如果知道了电影《六福客栈》在故事发生地阳城重新拍摄完成,他们一定会非常期待。您认为这条理由怎么样?"

"我认为你的主意非常棒!我可以将这些理由告诉我的弟弟,让他去说服好莱坞!"

尽管一切还是纸上谈兵,但大伙儿都非常激动。

四

喝到五六分的样子,杰夫来了灵感,扔开小本子说:"我有这样一个建议——我们可以为欧美来访者增添一项旅游内容,请大家骑上小毛驴,在县城附近走上一小时的路程,以便体验一回艾伟德当年在阳城的实际经历。王先生、谭先生,你们看怎么样?"

谭曙方和王保律相视一眼,突然仰天哈哈大笑。原来,谭曙方今番邀请杰夫前来阳城,预先就有了一个不同上次的计划——要重走一段艾伟德当年的千里大迁徙之路。这个计划,谭曙方讲给了王保律。王保律同样受人之托,忠人之事,已经开车翻越中条山直达黄河边,踏勘过了这条路线。

客人方面杰夫提出的建议,与主人方面的原定计划,正好不谋而合。

当晚夜宴,戛然而止。大家抓紧休息,以便第二日天明出发,精神饱满去长途跋涉。

王保律事前有所安排,当晚又再次通知落实。2012年5月26日清晨,阳城与晋城共有二十多人早早来到酒店聚集。他们大都是主动参与这次重走艾伟德当年传奇之路的志愿者。

初夏时节,山明水秀;当日阳光灿烂,风清气爽。王保律在前当向导，车队先是一路向西，而后折向西南。山地公路越过谷地丘陵，渐渐盘旋进入阳城西南大山。

整个行程，从阳城东关开始，到艾伟德当年跨过黄河的古渡口即垣曲东滩码头为止。

这条路，据艾伟德回忆追述，一共艰难行进了十二天。时过境迁，如今这条线路，铺设了水泥路面。多数路程，皆是沿着山谷间的小河延伸，不大可能与当年的艾伟德之路完全重合，但线路的走向在地图上基本是一条直线，应该与艾伟德之路的走向相差不多。

山路狭窄处，勉强可以错车；山势陡峻的地方，则只能盘桓曲折而上。沿途的路边，不时会现出一些村庄。只是，当今的小山村，无不显着一种荒芜与落寞。有的村子，建筑应称基本完好，却几乎见不到一个活人。

山势越来越高，汽车一路爬坡。车速减慢，路边的景象也看得更加分明。大山里的村庄，房舍皆是依山而建，整体布局显得错落有致。每家每户的院落，都是以石头为墙体主要建材。不规则的石块，构成墙面杂沓斑驳的图案。传统的四合院，多是二层小楼围拢；二楼阳台，都有木质围栏。顶上，前后披厦，灰瓦铺陈。这样一些院落构成的村庄，周边有山石树木映衬，别有一种古朴典雅的美感。

现代化的无情进程，则在摧毁着这样恬静的田园美，让人无言。

王保律说，这种情况不仅是阳城，恐怕中国多数农村都一样。年轻人进城去打工，村里只剩下老人们在留守，看守门户、看管孩子。有的村庄太小，没有多少小孩子，所以也就没有了学校；孩子们念书还得到大的村镇去，父母只好举家迁徙去陪读。结果，老村子都没有了人啦。

再往前走，只见有座大院子兀自立在山崖边上，远远看去就像是一座小小的城堡。停车下来细看，大院的好些屋子已经没了房顶，显然废弃已久。看公路的走势，也许是公路经过此地切割了原先的村庄，老村只剩下先前的一个角落。

既然是重走艾伟德传奇之路，谭曙方带了地图，在地图上做出沿途重要地点标记。如果公路过分远离这些地点，那就宁可离开公路，车辆沿着山间小路颠簸前行。实在无法前进了，再折回公路上去。

公路盘山而上，海拔越来越高。视界里山势奔腾，路边巨石嶙峋。杰夫提出要求，说是想下车步行一段，最好能够体察一番，仿效行走一回艾伟德当年走过的骡道。同行的人一致同意。遥想七十多年前，从阳城到垣曲黄河渡口的数百里途程，没有公路，许多地方甚至不能通行老牛车。只有骡道，甚至只有山间的羊肠小径。七十多年过去了，当年的骡道早已踪迹难觅。有些山间小径，影影绰绰，也早已湮没在荒草荆棘之中。

杰夫与大伙儿努力在山石荆棘中探寻路径，勉强走了一段，再也无法前行。仰头看看头顶白云环绕的山峰，低头看看小径一侧令人眩晕的山涧，大家唏嘘感叹不已。艾伟德当年带着一百多个孩子，经过此地的艰辛确乎非常人所能想象。

中午时分，头顶阳光热辣火爆，车队经过阳城与垣曲边境的"李疙瘩"，驶入历山林区。历山主峰位于垣曲境内，其整个山体横亘绵延在阳城、沁水和垣曲三县交界处。历山原始森林茂密，高山草坪碧野无涯。中华上古史上有舜耕历山的伟大传说，此地该是大洪水时代我们的

第七章　三代百年心

回首瞭望艾伟德七十多年前率领难童翻越的山岭。

先祖开创农耕文明的发祥地之一。

在历山猕猴源保护区简单用餐歇息之后，车队顶着烈日继续前行。当盘山公路曲折环绕行至一片开阔地带时，王宝律乘坐的向导车停了下来。整个车队在路边停下，全体队员下车。先前踏勘过路线的王保律，指点山下，给众人讲解。

原来，盘山公路刚刚已经越过了历山制高点舜王坪。此地是舜王坪的南侧边缘，眼前视野开阔，林木覆盖的山峦，高低起伏渐次向南倾斜而下。阳光下的盘山公路，仿佛一条耀眼的红丝带飘在翻着浪涛的碧海之上。从海拔二千三百二十一米的舜王坪展眼望去，山岚氤氲弥漫，铺向远天。淡蓝色的烟岚中，隐隐一道亮白。

黄河就在那里。

谭曙方笑着对杰夫说："杰夫，艾伟德在你们西方众人皆知。但是，亲自来走艾伟德当年传奇之路的，你是西方人当中的第一个。当然，还应该包括金龙、娥眉和金凤。"

"真的吗？那我可就太荣幸了！"

"当然是真的。七十年之后，重走艾伟德之路第一人，杰夫，没准儿因为这个，你的照片将登上美国报纸的头条！"

杰夫偕三个孩子重走艾伟德当年传奇之路。

说完，两人同时大笑起来。

欢声笑语中，众人重新登车。车队一路盘山而下。

半下午时分，车队下了山。在一个岔道口，车队离开去往县城的公路，行不多时，来到了此行的终点东滩码头旧址。由于小浪底水库的兴建，眼前的黄河，已然不是泥沙俱下的浑黄水流。码头旧址处于库区，水面宽阔平缓，一派清澈。水面北岸，白色的小汽艇一溜儿排开，煞是打眼。曾经的东滩码头，变成了一个旅游景区。

从阳城到这里，汽车行程不过几个钟头，艾伟德带领的迁徙队伍，曾经艰难行走了整整十二天。东滩码头，就是当年艾伟德忧心如焚祈祷上帝的地方。当时，大家饥肠辘辘，疲惫不堪，接连几天，河面上连一只船的影子都没有，迁徙队伍近乎绝望。

第七章 三代百年心

后来，奇迹出现了。

千里传奇之路，曾经有多次奇迹出现。外国传记作家将之解释为艾伟德虔诚祈祷上帝的结果。我们自然不必当真，当然也无须过分较真。

这一次，奇迹是这样出现的：负责固守黄河南岸的一支国军的指挥官，在望远镜里发现了那些孤儿。在黄河北岸巡逻的一小队国军的巡逻兵，奉命找到了艾伟德他们，并在千钧一发之际，将孩子们送上了渡船，安全抵达彼岸。

——历史的画面，转眼就消失了，就像奔腾的黄河溅起的水花。但那画面，却无数次地出现在日后的文字中和图片里，叠印在人们的心灵。

——曾经的声音，瞬间被风吹散。可它们仿佛被刻录在黄河的涛声里，永不消失，回响在人们的传说里。这传说，宛若远古的神话故事，简单质朴却耐人寻味，最终赢得了永恒。

王保律和谭曙方共同策划的此次行动，到东滩码头这儿告一段落。渡过黄河，是河南省的渑池县地面。艾伟德他们，当年抵达渑池之后，一路向西去往西安，尽管还有许多曲折艰险，但毕竟已是在国军控制的地面。本次重走艾伟

谭曙方与杰夫合影于东滩码头旧址。

179

德之路，主要是重走这条线路最为艰险的山西段。

重走艾伟德当年的传奇之路，参加者无不怀着极为崇敬的心情。艾伟德的伟大传奇，不该被屏蔽，不该被遗忘。大家一路走来，沿途经过了数十个村子；由于村子较小，在普通地图上大都难觅地名。而艾伟德当年率领孩子们所走的骡道，则更为隐蔽，几乎没有任何可能全部复制。

艾伟德当年究竟走了一条什么样的路线？今天的研究者们和有心人，只能是尽量推测了。此次同行的林云，之前已进行过详尽的踏勘，历经艰辛，有了一个大概的推测结果。而王春平则对历史地理非常有兴趣。一路上，他详细记录了从阳城到东滩码头的所有地名，准备寻访当年的赶脚骡夫，予以确证。或许在日后，关于艾伟德的传奇之路，王春平会写出一篇经得起推敲的研究文章来。

大家准备上车离开黄河北岸踏上归程之际，阳城县电视台的李阳光采访了杰夫。一路上，杰夫始终被电视台的摄像机跟踪拍摄，面对话筒正式进行这样的访谈还是第一次。

翻译熊雷欣接过话筒，站在杰夫身边；杰夫感慨万端，也非常想要表达。此时，杰夫背后是青山，面前是黄河，语调沉缓，开始郑重言说："我在中国生活工作多年，走过中国许许多多的地方。当我在阳城看了艾伟德故居，今天又走过了艾伟德当年为拯救孤儿所走的这条艰险之路时，心中感慨万千。这是我生命中所经历的最有意义的事情，我从来没有像今天这样激动。

"在我心里，毫不夸张地说，这里是中国最美的地方。因为这里的人们，这里的山水草木，这里的一切，都与艾伟德的精神有关。沿途走来，我在想，艾伟德当年带着百余名孤儿所走的路程，比我脑袋里能够想象的更为艰难。

"回到美国后，我要告诉朋友们，希望他们以及更多的国际友人都来看看这里，为伟大的艾伟德做些事情。我与我的家人还会再来，我相信我的三个孩子绝不会忘记这次难忘的旅程，他们在将来也一定还会重新寻访这里……"

第八章　艾伟德永生

一

艾伟德心系阳城，将阳城当成她的第二故乡，然而自她1940年带领孤儿们离开这里，却再也没有回过阳城。

艾伟德成为一名中国公民后，服膺中国文化，以作为一名中国人而自豪。然而自她1949年离开中国大陆，却再也没能踏上大陆一步。

艾伟德后来到哪儿去了？她还有哪些业绩？艾伟德最后怎么样了？

原来，艾伟德在离开中国大陆回到英国之后，曾经到北欧的瑞典传道，在瑞典创办过一个以她的名字命名的基督教慈善会所。瑞典人戴伟，则是该慈善会所的继任负责人。

1991年，戴伟偕夫人远涉重洋，专程前来寻访艾伟德曾经生活了十年的那个令她魂牵梦萦的古城。他们拿着书本，对照地图，随着牛天平细细查找。残存的古城墙，绕城而过的获泽河，城中的鼓楼、牌坊，阳城东关的石拱桥、关帝庙，无不仔细参观，一一拍照，仿佛是在完成艾韦德的遗愿，代替艾伟德来故地重游。

戴伟说，艾伟德回英国后，不久到了瑞典，组建了一个慈善会所，当年戴伟就跟着她做事。戴伟还说，艾伟德曾经口述自己在中国二十年的经历，成书后名为《我的心在中国》。书中有近百分之八十的篇幅，写到了她在阳城的经历。字里行间透露着她对阳城浓烈的思念，她确实把阳城当作了自己心灵的故乡。

至于艾伟德为什么没有再回阳城，我们只能爬梳史料加以推定。

艾伟德带领百余名孤儿成功抵达陕西大后方，连同此前泽州教会送达的百名难童，这样的事实存在，促成了陕西扶风县一个全新保育院的诞生。此时，保育院相当正规，看护教育孩子们，无须艾伟德亲力亲为。而且，艾伟德的传奇故事，已经开始在大后方广为传颂。现实中这位身材矮小的弱女子，在当时的媒体上已经被称为"中国孤儿的母亲"。由于声名远播，西北圣经学院遍传福音团和兰州博德恩医院的贺德医生夫妇，在1943年隆重邀请艾伟德远赴甘肃兰州传教。

一年之后，艾伟德从甘肃地区返回陕西，而后去了四川。

从1945年到1949年，艾伟德大部分时间待在成都，在当地的教会里工作。由于国共之间开战，中国北方逐渐变成了解放区，身处国统区的艾伟德，即便有重返阳城的愿望，到底无法克服那特定历史环境下的重重障碍。

关于艾伟德离开中国回英国，据牛天平所知，在阳城教会中有多种说法。

说法之一：抗战胜利后，艾伟德想返回阳城，但泽州教会的几位执事想要自立，以摆脱外国人的管理。大家不欢迎艾伟德回来。

说法之二：当时比较活跃的一位执事，坚持拒绝艾伟德回阳城。他正式通告艾伟德，说阳城政府不允许外国人在此地居留。

事实上，从1948年开始，停留在中国境内解放区的传教士，已经被陆续驱逐出境。到1949年中华人民共和国成立，新的宗教政策开始颁布执行。外国传教士只好纷纷离境归国。由于冷战的客观大局，由于当时东西方阵营的严重对立，上述情况是为历史真实。对之，我们无须讳言。

无论出于哪种情况，艾伟德无法回到阳城。无奈只得于1948年的年底，向民国政府提起申请去往英国。可是此时，艾伟德已经是中国国籍，成了中国公民，她要回国在英国看来反而成了外国人入境。再加上战乱的原因，她的个人证件资料丢失不全，办理手续颇费周折。当时民国政府的军政人员陆续逃往台湾，艾韦德的归国申请几乎无人过问。再加上艾伟德历来全身心投入慈善救助事业，个人从无积蓄，当时她甚至都买不起一张回英国的船票。

艾伟德从英国来中国，就不曾获得任何资助，她是依靠打工做女佣，一先令一先令攒足了来中国的路费。来中国二十年，艾伟德成了"中国孤儿的母亲"，竟然落得如此境遇。

行文至此，未免慨叹。我们欠艾伟德太多了，历史欠这位伟大的母亲太多了。

说来有些戏剧性。孔夫子曰"德不孤，必有邻"，中国老百姓则爱说"好人必有好报"。有一次，在四川的某个难民中心，艾伟德和一位中国妇女不期而遇。她们曾经在阳城相识，有过简单交往。今番相遇，不啻正是"他乡遇故知"，她俩好生激动，便用山西方言热烈交谈起来。当时，有一些美国人在场。其中一位卓伟博士，偶然看到了这一幕，不禁非常好奇。于是，卓伟和艾伟德便开始了一场戏剧性的对话。

卓伟问道："艾伟德，你去过中国的山西？"

艾伟德平静地回答："是的。"

"那么，你一定听说过另一个叫作艾伟德的人了？她曾经在那里的山区与日本军队周旋，后来带着百余名难童走出了那片沦陷区。这里流传着她的很多故事。难道你见过这位英雄？"

艾伟德笑笑道："是的，我见过她。没有另一个艾伟德，没有什么英雄，你说的艾伟德就是我。"

卓伟当时惊讶得张大了嘴巴。

于是他们聊了很久。卓伟知道了，眼前这位传奇的母亲，已经在中国待了将近二十年，但她还从来没有回英国探望过亲人一次。

"噢，我的上帝！"卓伟完全可以理解艾伟德此时想回家的迫切心情，"可是，你为什么不立刻回家呢？"

艾伟德依然笑着说，她确实凑不齐回国的旅费，便是第二天的早餐还不知道在哪里吃呢。她闭上眼睛充满向往地说："哦，要是能回英国拥抱我的亲人，那该多好啊！"

这次交谈后，艾伟德自己都忘记了这件事。可是卓伟为此次偶遇激动不已，他受到这位小女子故事的强烈震撼。他先期抵达上海，向美国设在上海的一个基金会详尽地讲述了艾伟德的故事。最后，在卓伟的游说之下，美国基金会先为艾伟德准备好了从成都至上海的机票。到了上海，还是在卓伟的帮助下，艾伟德于1949年3月离开中国大陆，搭乘希腊轮船，途经法国，而后回到英国伦敦。

二

乘坐海轮抵达英国港口，时隔将近二十年，艾伟德回到了自己的出生地。从遥远的东方归来的游子并不知道，此时英国的教会、学校以及新闻媒体上，都在传播着她的名字。

回乡当年，英国广播电台便邀请艾伟德录制了半个小时的节目，向全世界的听众隆重介绍了这位"从中国回来的女儿艾伟德"。她的名字驾着电波，响彻了整个地球。

1950年，艾伟德的第一本传记《一个永不言败的人：格拉蒂丝·艾伟德》出版问世，而后此传记在八年之内再版十七次。

艾伟德与伯格斯。

伯格斯在报纸上读了艾伟德回到英国的消息后，当即去拜访了艾伟德。当时，伯格斯正在电台做一档真人真事的节目。他们刚刚寒暄交谈了十几分钟，伯格斯便被艾伟德的传奇经历所吸引。敏锐的伯格斯意识到，在这位小女子身上蕴藏着一个伟大的故事。他激动异常，竭力鼓动艾伟德接受访谈。于是，他们之间开始了一段非常深入细致的对话交流。伯格斯日后这样回忆说：

第八章 艾伟德永生

她平静地叙述着自己的故事，那些故事简直和《圣经》中所记载的古代英雄的故事一模一样。她完全没有意识到，实际上，她自己的故事也完全能够载入《圣经》。

1957年，伯格斯所撰写的《小妇人》正式出版。小说甫一出版即洛阳纸贵，人们争相一睹为快。艾伟德在中国抗战期间的传奇经历，尤其是收养孤儿并带领百余名难童走出日军沦陷区的故事，极为震撼人心。伯格斯在本书的尾声部分这样写道：

《小妇人》封面。

我怀着感激的心情撰写艾伟德的故事，别无所求，只是希望我能够真实地记录下她在中国的一切。

1958年，20世纪福克斯电影公司拍摄完成了电影《六福客栈》。影片中扮演艾伟德的英格兰·褒曼，更是将艾伟德在中国的传奇故事演绎得出神入化。但影片在欧美上映之后，艾伟德深表不满。电影中有些情节与她在中国的经历不符。尤其是电影公司为了抓住观众眼球而设计的爱情桥段，与原著《小妇人》中的叙述相去甚远，背离了她真实的经历。当然，这部电影虽有瑕疵却瑕不掩瑜。不着华丽服饰依然光彩照人的英格丽·褒曼，使艾伟德的形象在欧美家喻户晓。

谦逊的艾伟德远远躲开了那些外在的荣誉。她在回到英国期间，仍然通过多种方式帮助中国人。她到处布道演讲，与大家分享她在中国传教的经历；她尽力救济在英国基层打工的中国人，想方设法为中国留学生在当地介绍就业。在她布道演讲之后，经常收到四面八方奉献给中国人的捐款和物品。一度时期，艾伟德和教友们将他们在伦敦的车库变成了贮藏室，而后不定期将这些钱物寄到香港、澳门等处的中国难民收容处。

毋庸讳言，深受中国文化影响的艾伟德，已经不大适应回到英国的生活。她不仅身穿中国旗袍，脚踏中式平底绣花布鞋，而且思维方式也已经中国化了。在冷战思维的笼罩之下，相当一些英国人也将艾伟德视作异类，觉得她是一个有着中国国籍的外人。艾伟德非常想念她救助过的孩子们，她决定回到中国。

她的理由简单而直接：我是中国人，我必须回到属于自己的国家去。

在返回英国八年之后，艾伟德于1957年4月从英国乘船抵达中国香港。她要求入境中国大陆，渴望能够回到她魂牵梦萦的第二故乡阳城。

艾伟德一边在香港难民营参与救助活动，一边等候中国政府的批复。毋庸讳言，当时整个世界东西方处于严重对峙的冷战状态。说来平常不过的艾伟德要求入境一事，竟惊动了当时的国务院和外交部。迁延数月，入境申请未获批准。由于她在香港的居留签证到期，艾伟德只好选择前去台湾。在这一点上，倒是艾伟德女士的眼光，更具前瞻性，更为高明和开阔。在她看来，台湾本来就是中国的一部分。登上台湾岛，毕竟也就等于回到了中国。

1957年9月2日，艾伟德在台湾基隆港登陆上岸。当日，她受到了隆重的礼仪接待。她的两个义子田庄和朱复礼,在港口恭迎。当时,田庄在空军服役,朱复礼医学院毕业后担任精神科医生,两人在镁光灯的聚焦下,紧紧拥抱着他们共同的母亲。当日的报纸和电台,隆重报道了这一消息。

艾伟德在台湾先后十三年。这期间,年过半百的艾伟德,依然将绝大部分时间与精力投身于救助和养育孤儿难童。她先后创办过艾伟德儿童育幼院、艾伟德儿童之家等慈善机构,收养救助过数百名被遗弃的孩子和流浪儿。没有姓名的孤儿,一律跟随艾伟德以"艾"为姓。

艾伟德在为孤儿过生日。

艾伟德的义子王守令,曾经为义母写过一篇纪念文章《寸草心,三春晖》。他在文中写道:

> 记得八年前的一个晚上,艾教士家的门铃响了。她急忙去开门,但却没有人,低下头才发现有一个布包,里面包了一个奄奄一息的男孩。男孩一身的皮肤病,表皮都已腐烂,呼吸也非常困难。她急忙送他到台湾疗养院去急诊,住了一个多月的医院。日夜都是自己照顾,喂奶服药、换洗尿布,无不亲自料理。医院的医生和护士都被她这样伟大的爱所感动,自动来帮助义母晚上照看孩子,以便她能够有足够的睡眠。并且,医院

免除了一切医药费。出院后,艾教士一直把孩子带在身边,亲自抚养,爱如己出,曾两次带他去英国与香港。现在这孩子长得活泼健壮,已是小学二年级的学生,他就是艾启光。

1969年12月圣诞节前夕,台湾的天气异常阴冷。王守令去看望艾伟德,问她需要什么圣诞礼物。她只是摇头,在王守令的一再恳求之下,艾伟德说:"给我一床棉被吧。"原来,她把棉被盖在了义子艾启光的身上,病弱的艾伟德只有一条薄薄的毯子。

2008年8月,台湾研究者陈中陵写就了他的论文《孤儿之母:女传教士艾伟德的生平与形象》。他在文中这样评价道:

> 如果说,收养艾美恩(即九毛),开启了艾伟德的母亲形象的建立,那么,艾启光的成长,则可以代表艾伟德毕生教养孤儿的心血,总结了艾伟德在世上的"孤儿之母"的荣耀冠冕。

三

1963年3月28日,艾伟德应英国广播公司邀请,带着最小的义子艾启光飞回伦敦。除了接受采访,她此行的主要目的还是要为台湾的孤儿募捐。

在伦敦,她穿着中国旗袍,出现在《这是你的生活》电视节目里。台湾《联合报》驻伦敦特派员对此进行了详细报道:

第八章 艾伟德永生

艾伟德穿着中国式的锦缎衣裳，外加合身的外套，脚蹬中国式绣花鞋，出现在《这是你的生活》电视节目里，聆听她的老朋友讲述她自己的传略与英雄事迹。故事的开始部分，是讲述艾伟德如何为了去中国一先令一先令地存了五年钱……

电视节目制作人为了这台节目，请来了一位美国传教士，还从台湾请来了一位当年的难童张鲁。张鲁幼时在山西阳城被艾伟德收养，一直管艾伟德叫妈妈。面对电视观众，张鲁讲述了在1940年如何随着妈妈拄着小棍子翻山、如何乘船过黄河的情景。张鲁告诉养母艾伟德，自己和另一位难童宝莲结婚并已生子。讲到动情处，这位义子怀着无限感恩之情向伟大而无私的母亲深深鞠躬到地。

《这是你的生活》是当年英国广播公司最受欢迎的栏目之一。以艾伟德传奇为专题的本期节目，创下了该年度的收视新高。

1963年，艾伟德访问英国Walker Street School，抱着一名中国孤儿与校长在校门口合影。

重回英国期间，艾伟德先后在几十所教堂和公立大学演讲。所到之处，无不引发巨大反响。坎特伯雷大主教接见了她，甚至伊丽莎白女王也邀请她去白金汉宫亲切面谈。女王还当面答应艾伟德，要筹集资金以帮助中国台湾的孤儿。

当时有报纸报道说："那天，她穿着中国旗袍去谒见女王……这种不凡的举动，轰动了整个英国……"

1970年伦敦介绍艾伟德的报纸。

事后，艾伟德笑着对记者说："我真想不到女王会邀请我。她对台湾了解很多，问了我许多问题。涉及我在中国的工作、生活，包括孤儿的抚养救济等。可惜，女王就是没有问到我为什么要加入中国国籍。"

她还说："我总觉得英国人不了解中国。我大半生在中国服务，我爱中国；不过我是出生在英国，我也爱英国。我常想，要用什么方法将这两个国家永远拉在一起。"

艾伟德如日中天的名声和一如既往的传道精神，使她在台湾养育孤儿的慈善事业取得了重大进展。与此同时，她的名字愈发响亮，在英国可谓家喻户晓，成为令英国人民极其尊重的女英雄。

当年年底，艾伟德返回台湾。在松山机场，面对欢迎的朋友与新闻记者，她说："我曾有过许多孤儿，我爱他们像爱我自己。我把一个一个孤儿抚养长大，他们进入空军、陆军和海军服役，或者服务社会。我像每一位母亲一样，很高兴能把孩子们养大，教育成人，然后送进社会、服务社会。无论他们能否回到我的身边，我都永远爱他们。"

第八章 艾伟德永生

1969年12月，整个台湾都被寒流侵袭笼罩，气候阴湿。就在王守令探视艾伟德过后不久，艾伟德不幸感染了A2型流感，引发了肺炎并发症。经抢救无效，伟大的艾伟德不幸于1970年1月2日夜晚在台湾的居所病逝，享年六十八岁。

艾伟德辞世的消息，通过电波传遍了全世界。

在台北、美国、澳洲、英国、香港等地，都为她特地举行了追思礼拜。

风靡世界的《六福客栈》电影，是英格丽·褒曼的重要代表作品之一。她对影片主人公艾伟德由衷敬佩，她在影片中返璞归真的扮相、炉火纯青的表演，让亿万观众将其视为艾伟德的最佳形象。1970年1月，英格丽·褒曼前来台湾度假旅行，在第一时间去拜访艾伟德，而艾伟德已不幸逝世。伟大的影星和伟大的"孤儿之母"缘悭一面，英格丽·褒曼不禁黯然神伤。

英格丽·褒曼特意赶往艾伟德在台北龙江路的故居进行了悼念。

英格丽·褒曼后来这样追述："……我们趴在艾韦德的床边痛哭。虽然我和她从未有过交往，但感觉神交已久。她一直工作到生命的最后一刻，这是一个多么了不起的女人。"

当时，台湾的许多友人，都愿意为艾伟德捐献墓地。治丧委员会尊重艾伟德义子们的意见，最终将她的安息地选在关渡基督书院内的礼拜堂西侧。这里环境优雅，面对淡水河出海口，能够远眺中国大陆。

艾伟德重归中国大陆的心愿，想要回到她的第二故乡阳城的心愿，未能实现。

她死在了中国台湾。她的墓地朝向中国大陆，她的头颅朝向山西阳城。

1970年1月24日下午两点，艾伟德遗体告别仪式在台北市立殡仪馆景行厅举行。

蒋介石题颁的挽联是："弘道遗爱。"

宋美龄赠送了一个十字架花圈。

现场大厅，有千余人参加吊唁，近乎水泄不通。

当时代表艾伟德家族致谢词的是她的义子王守令。

治丧委员会主任委员皮以书致追悼词，并撰写了一则艾伟德小传。

小传全文如下：

艾伟德女士，1902年出生于英国伦敦的劳工社会，父母都是敬畏上帝的虔诚的基督徒。艾女士少年有志舞台工作，终于毅然辍学谋生，使父母惊讶不止。在舞台事业中，她曾经更换过几个工作，但在1925年她受感归信基督，使她甘心将一生前途奉献在上帝手中，并抱着信心与热心来寻求上帝替她所安排的道路。当她蒙上帝指示要她往中国服务时，不但她的家人觉得惊奇，连她自己也感到意外。

但是上帝定旨之中并无意外的事。四十多年来，上帝带领她到中国，做中国人，特别为中国儿童献身工作，不辞劳苦，不嫌卑下，不惜牺牲。上帝也带领她成为社会知名人士，声望日高，使她的事迹感动并帮助了世界各地无数的人。她的精神感召力常使接近她的人受到良心上的鞭策，并勉励他们"你也照样去做吧！"这是因为她热心爱主耶稣并照着主耶稣的榜样

第八章 艾伟德永生

去爱世人。

——皮以书撰写的小传,可以说足以为艾伟德盖棺定论。

四

艾伟德自1949年离开中国大陆,曾经在欧洲,主要在台湾,继续从事救助养育孤儿的慈善事业。她所救助过的孤儿,绝大多数都有档案材料。

在抗战的烽火中,在中国大陆,艾伟德历尽艰险用她的生命书写了救助百余名孤儿的不朽传奇。恰恰正是这段传奇,连同艾伟德其人其事,在大陆因长期屏蔽而几乎无人知晓。艾伟德救助过的百余名孤儿,信息阙如。

当中国迎来了伟大的改革开放,被历史尘封的艾伟德终于重见天日。中国人、山西人,特别是阳城人,开始询问:当年,艾伟德带领去往大后方的百余名孤儿,如今都在哪里?

应该肯定,自1991年戴伟夫妇专程来访,阳城教会的牛天平最先开始关注艾伟德其人其事。

同样应该肯定,自2004年谭曙方率领郑州大学西亚斯国际学院的美国教师前来阳城,开启了国人寻访艾韦德的破冰之旅。破冰之旅成为一个节点,自此,受到艾伟德精神的感召而关注其人其事的人日渐多了起来。

2007年底,中国网络世界唯一以实名制注册的网站博联社,曾经发起一场声势颇为浩大的活动——"寻找格拉蒂丝·艾伟德和她的100个中国孤儿"。

网友们争相言说,纷纷发表议论,希望这件发生在中国、对世界影响巨大的事情,不要在中国被埋没。

然而,历史的尘封已然太久。千里迁徙的传奇,过去了七十多年。即便是当时年龄最小的难童,如今也已年过古稀。加之战乱年代资料缺失,山西、陕西空间交错,博友们空有满腔热情,寻找当年孤儿没有多少实质性成果。

这方面,还是阳城的朋友们做了最为扎实的工作。在客观,得地利之便;于主观,有责任在焉。

王保律在牛天平的帮助下,访知阳城县演礼乡的台底村、栅村有三位村民是当年孤儿。遗憾的是,其中两名孤儿早已去世,仅有七十五岁的张老有健在。

王宝律以及当地其他志愿者,先后见到过张老有,进行了采访,还拍了照片。但过了不久,这位历史传奇的亲历者也去世了。

在这儿,尤其应该称许编著《震撼世界的六福客栈》一书的林云。重走艾伟德之路、寻访当年孤儿,林云历年下过极大的功夫。艾伟德率领百余名孤儿去往西安,其中究竟有多少阳城本地人,已经无法考证。经林云艰苦努力,共收集到阳城籍当年孤儿有名有姓者二十八名。在她编著的书中,依次列出了这二十八名孤儿的姓名、性别、年龄和所属村社。绝大部分当年孤儿,还都附有成年后的照片。二十八人仅有一人在世,是为秦秋荣女士。

所谓无独有偶,寻访当年孤儿一事,谭曙方也是始终锲而不舍。由于此事的难度,谭曙方又长居太原,虽然多次奔赴阳城,一直不曾获得进展。每当思及此事,谭曙方耿耿于怀,憾恨连连。

时光行进到2012年5月,王宝律通告谭曙方:秦秋荣眼下就在太原定居。

问明地址,秦秋荣在太原的居所与谭曙方的办公地点,竟然近在咫尺。谭曙方慨然浩叹:"这不是巧合,而是天缘。""天意怜幽草,人间重晚晴。"人间真爱,岁月留情。

谭曙方不敢怠慢,即刻登门拜访了秦秋荣。

秦秋荣此时已是八十五岁的老人。

好在老人精神矍铄,记忆力尚好,言谈相当条理。

1940年,随艾伟德千里迁徙的若干片段,老人记忆犹新。如何翻越中条山、怎样渡过大黄河,孩子们穿的都是破衣服、脚上最后统统没有了鞋子,一一道来。

据老人记忆,大家到了陕西扶风之后,当地保育院做过简单测试。基础好些的孩子念书,基础差的就学做饭、当木工。秦秋荣因为有些文化基础,在扶风接着读了一年书。后来,由于闹传染病死了两个孩子,她父亲托人将秦秋荣带回了阳城。

回到阳城,我八路军太行、太岳根据地已有重大发展。秦秋荣先是参加了儿童团,后来加入了妇救会。正是由于先前读书识字的经历,她在当时的干部队伍里成了知识分子。1951年,秦秋荣担任了阳城县妇联主任。当她在台上讲话时,底下有人指指点点说:"河南草灰鬼的姑娘小草灰鬼上了讲台啦。"

从小逃荒要饭的秦秋荣,最终成长为一名有文化的国家干部,这中间有许多因素起作用。曾经跟随艾伟德千里跋涉,时间仅仅一个月,这一经历在她的整个一生中,也许微不足道吧。不过,谁都无法否认:因为随艾伟德逃离了阳城,她或许就逃过了可能的日寇血洗的一劫;由于得到读书识字的机会,她才成为一名文化干部。

谭曙方概括地向秦秋荣介绍了艾伟德在世界上的影响。她静静地听着,几乎没有任何回应。事实上,从陕西扶风返回阳城之后,她就再也没有了艾伟德的任何消息;从那之后,她再也没有听谁说起过六福客栈的往事。她当然不会知道,自己十三岁那年参加的千里大迁徙,早已震撼了整个西方世界。

见秦秋荣没有任何反应,谭曙方心中一凛:曾经的历史被屏蔽,莫非这屏蔽有如此之厚?

访谈快要结束,谭曙方准备告辞。秦秋荣颤巍巍地找来了笔和纸,请谭曙方将艾伟德与六福客栈的事情帮她写个大概。她说,要进一步去了解艾伟德,要给自己的老同事、老朋友以及阳城家乡的人们说说这件事。如果再有人向她问起艾伟德,她不愿意对此一无所知。

艾伟德当年带去陕西大后方的孤儿们,有的去了台湾,有的随教会撤退去了外国。我们没有能力一一去寻访他们。在改革开放之前,像这些人,多被做了简单定性污名化。在那样的年代,所谓革命的话语武断而粗暴,"去国"即是"叛国"。但时至今日,中国人知人论世,已经能够做持平之论。他们,那些去国或离开大陆的孤儿们,相信多数都是投身人类社会的有用人才。

楚王失弓的故事发人深思。楚王遗失了他的弓,不许臣下大张旗鼓寻找。这位贤明的王说:"楚人失之,楚人得之。"这话说得已经足够好。

艾伟德救助孤儿难童,"有教无类";孤儿们成长壮大,回报社会,正是艾伟德博大胸襟和高远境界的延续和光大。

迄今为止,秦秋荣是我们所能找到的艾伟德当年拯救的百余名孤儿中唯一的一位。随着时间流逝,她或许也是我们所能找到的最后一位了吧。

谭曙方向秦秋荣礼貌告辞。从秦秋荣依依不舍的眼神里,他似乎看到了艾伟德的影子……

当年,艾伟德历尽艰险带领百余名孤儿走上千里大迁徙之路,一个都没有少。如今,我们竭力寻找,只找到了一位尚健在的孤儿。

哪怕只是一位,她也是伟大母亲艾伟德的孩子。

可敬的艾伟德同胞,你能听到吗?

——我们找到了你的孩子。

五

自2004年开启破冰之旅,时光荏苒,忽忽焉过去了八年。谭曙方陪同杰夫重走艾伟德之路,内心深处蓦然生出一种紧迫感,万般纠结,挥之不去。

杰夫积极策动在阳城重建六福客栈,尽管吵得沸沸扬扬,但分明是雷声大雨点小;艾韦德故居耶稣堂院,住着东关村四五户居民,院落日渐破败;村委会决意将这座院子重新整修成为艾伟德纪念馆,住户的搬迁问题许久谈不妥;阳城县政府有关部门以联系重拍六福客栈电影为名，组团赴美考察……

谭曙方忧心如焚，冥思苦想一回，决意做一点自己可以把控而又力所能及的事情。身为山西省散文学会的副会长兼秘书长，谭曙方计划搞一个全国性的纪念艾伟德的征文活动。但散文学会只是一个松散的民间组织，没有任何资金来源。操办一场有奖征文活动，毕竟需要钱。从哪儿筹措这笔资金呢？谭曙方首先找到了王宝律。

谭曙方说："咱们中国人有点对不起人家艾伟德啊！你说，人家救过咱们那么些孩子，多数还是你们阳城人；可是到头来，艾伟德无法回到阳城，阳城人还把这个大恩人给彻底忘记了。这说得过去吗？"

王宝律连连承认："是啊，是说不过去。"

两人意见一致，端酒碰杯，一饮而尽。

谭曙方又说："在你们阳城，到现在还有人说，艾伟德和我们的宗教信仰不同。这叫什么话？信仰不同，人家做过的好事就不算好事了吗？"

王宝律身为农村基层领导，一向知民情而接地气，回应道："有人那么说，谁也拦不住他。咱东关村的老百姓通情达理，不会那样没水平！"

二人对饮，说得投机，再次碰杯。

谭曙方渐渐引入正题："我多次和你说过，在西方有数十种版本的艾伟德传记，甚至有儿童版的故事书和动画片。而我们中国，截至目前，还没有一本以中国人的名义来感恩纪念艾伟德的书。我们中国是礼仪之邦啊，讲究的是滴水之恩当涌泉相报。艾伟德救的是我们中国的孩子，我们中国人居然没有发出纪念的声音来。外国人该如何看我们这个

英国艾伟德学校(侯清源摄)。

民族呢？不能再这样下去了！"

王宝律何等样人，听出谭曙方话茬意味所在，当下来了个顺风顺水："谭老师，你说得对！咱们确实应该做些纪念艾伟德的事情。具体怎么做，谭老师你或者已经有个初步设想？"

谭曙方给王宝律斟满酒杯，干脆端出了自己的全盘计划。

王宝律快人快语："谭老师，我看非常好！你给咱起草个详细方案，咱们说干就干，马上搞起来！"

谭曙方本来酒量有限，只因终于敲定此事，酒逢知己果然千杯少，当下两人来了个尽兴方休。

不久，《文艺报》《作家文摘报》《山西日报》《太行晚报》几家报纸，连同中国散文网、中国青年作家网、山西省散文学会博客网多家网络，同时刊登了首届中国阳城六福客栈杯"寻找六福客栈"征文启事。为了让更多的人参与征文纪念活动，山西省散文学会博客网还刊登了英文版的征文启事。

　　这次征文,是截至目前在中国大陆举办的唯一一次纪念艾伟德的活动。历时将近两年,取得了预期的成功。它是一次纯粹的民间组织行为,它是当代中国人、山西人纪念艾伟德的实际行动。获奖征文作品,表述出了获奖者追念艾伟德的美好情愫,同时也传达出了众多中国人的感恩情怀。

　　一等奖获得者美国的方回回方在《她为中国而生》一文中写道:"她的故事被尘封了六十年,但是今天有那么多的人在寻找这失去的记忆。人们在重走当年艾伟德走过的道路,修葺她住过的残败的阁楼,有心人去台湾拜谒她的墓地。

　　"她躺在台湾,她说我要看着大陆,永远看着。此时她看到中国人越过海峡去看她,她笑了,她又听到带着阳城口音的祈祷声……"

　　王宝库祖籍阳城,离开家乡多年,过去对艾伟德一无所知。当他详细了解了艾伟德的传奇故事之后,痛心疾首,夜不能寐,匆匆草就《关于六福客栈的心灵感悟与反躬自问》一文,他激动地写道:"谁能想到,就是阳城县这个曾经落后、封闭并且土得掉渣的地方,因着一位平凡矮小的英国女人在这一方水土的所思所想所作所为居然惊天地而泣鬼神,让不同肤色不同信仰的人们看到了并且体认了超越国家、超越种族、超越文化、超越阶级、超越政党、超越政治、超越宗教、超越信仰的人性之美,令人灵魂震颤,振聋发聩,涤荡心灵,透彻骨髓。"

　　曹翠则在《在台湾寻找艾伟德》一文中抒发了她的情愫:"那一晚,我站在九层高楼上往下俯视淡水区,好像看到了她娇小的身影。她活着,在走街串巷地传教。……在台湾,她的气息真的在包围着我……

如果我能有自由旅行的一天，一定会慢慢寻找你的足迹，把你在台湾的故事带回山西阳城，甚至包括你的心愿。也许有一天你会回到六福客栈的家里……"

……

通过此次征文活动，我们能够强烈地感受到艾伟德精神的恒久召唤力。

这种精神，穿越时空，润物无声，弥漫天地，直击人心。

这种精神，超越宗教、国家、地域、民族、人种、性别而存在，也定当生生不息，民胞物与，薪火相传，世代光昌。

六

艾伟德重归中国大陆的心愿，想要回到她的第二故乡阳城的心愿，未能实现。

她死在了中国台湾。她的墓地朝向中国大陆，她的头颅朝向山西阳城。

她的墓碑上部，镌刻着蒋介石亲笔题写的四个正体汉字"弘道遗爱"。

在题字下面，是艾伟德的遗像。她充满慈爱的目光，越过大海，从中国的这边，投向中国的另一边。

艾伟德的墓志铭上，镌刻着《约翰福音》第十二章第二十四节的那一段话：

> 一粒麦子不落在地里死了,仍旧是一粒;
> 若是死了,就结出许多籽粒来。

作为一名基督徒,艾伟德将她的一生奉献给了上帝;

作为一个英国女人,艾伟德终身未婚,将自己嫁给了中国;

作为一位救助养育了众多孤儿和难童的慈善家,艾伟德最终成为享誉世界的"孤儿之母"。

艾伟德祖籍英国,服膺上帝,信仰坚定,基督教文明最早哺育了她;

艾伟德来中国大陆二十年,到中国台湾十三年,她加入了中国国籍,发乎内心认定自己是一名中国人。艾伟德融入了中国,崇尚仁义道德,伟大的华夏文明滋养了她。

艾伟德精神,最终成为全人类优秀文明的共同结晶。

艾伟德和艾伟德精神,因之赢得了永生。